三日月

Hadiel 著

SR / Rei 繪

貓爵
CAT、WITCHES AND SWORDSMAN

莉梵·吉博里

出生在大陸三領地中的吉博里領地，吉博里侯爵的女兒。
侯爵遭受刺殺後，在毀壞的首都梅墨利中被莫寧發現，肩負著女巫印記的祕密，
目前與莫寧一同旅行。

莫寧・哥德

本名利克摩・德莫格，已毀滅的奴隸之城普羅亞出生的孩子，德莫格公爵的直屬刺客，總是以公爵的命令為第一優先，在梅墨利執行刺殺侯爵行動中與侯爵之女莉梵相遇，化名莫寧，與她開始旅行。

序曲　美麗的拯救

A pair of star-crossed lovers take their life.
一對命運多歧並坎坷的戀人。

摘自莎士比亞《羅密歐與茱麗葉》序詩・第六行。

天色暗沉，藍天與烏雲混成灰黑。

巷內倒塌的頹牆後，少年探頭露出半張臉，小心而靈活地轉動著右眼珠，查看著外頭倒塌、不時冒出灰煙的建築殘骸。

雨滴打落，在連片的水窪上點起了幾圈大小不一的漣漪。

城市邁入毀滅。

僅存的人們或是瘋了似地奔狂，或是像野狗似地劫掠路過的災民。

猙獰的面孔，隨著聲聲逼人的威嚇映在少年的瞳孔上。

「人總是這樣，自私地為自己生存。」因為連我自己也不例外。

少年自然地脫口的一句話，吹散嘴旁的塵埃。

他觀看著這座城市的終結，多少對眼前的景象感到訝異。

畢竟就算走遍各地，少年也從未看過如此慘烈的景況。

只是這樣的景象，不都是他一手造成的嗎？

他殺了這領地之主。

對！他殺了吉博里侯爵。

如果當時他沒有下手，「梅墨利」或許便能如往常一樣地繼續存在。

這座城市，也能擁有與以前同樣的富饒。

少年如此想著。

此時，暗巷內的光好像都被嚇跑了。

人卻不同。

瓦礫堆中，聚集來一群肌肉線條明顯的男子，從頭盔的角度以及標誌推斷，似乎是梅墨利倖存的士兵。這些家鄉被毀的士兵走出險境後，便像不安的小狗般呼引結群，試圖尋求保護與慰藉。

而就在這群男子之間，靠在巷旁牆上窺視的少年赫然發現了一名少女。雖然，沾上了混著屍血的灰塵，但卻無法遮掩少女白皙的腿部，玲瓏有緻的小腿的曲線，因衣裙下襬的破損反而更顯優美。

「好像……是個能拿來販賣的好素材呢！」這些原本該是弱者守衛的士兵們叫囂著，顯然已被不知名的慾望給附身了。

「……走開！」少女死命地抓著衣服，縮在沾著血跡的石塊旁。

她的身體招來不少黝黑的手臂侵犯，紅棕色禮服的蕾絲，自胸間與腹部以下被扯開，露出滑嫩的肌膚。

她依舊想要反抗，卻再也擠不出力氣，隨著一陣翻騰後，胯下本已殘破的裙襬又冷不妨被扯破了一大片，像紙張一樣輕易地被撕開。

「喂！她……你們看！」其中一士兵喊道，抖手指著少女的肩膀。

而就在這一瞬間，少女的身體迸裂出火光！

「啊——為什麼會燒起來?!為什麼……」只來得及留下這聲呼號，那群男子瞬間被火舌給吞沒。

少年看在眼裡，神色一動立刻跳出藏身的角落奔到那少女的身邊。

而等他避開較為破碎的火群並走到那少女面前時，她的面孔卻使他退卻了。

少女的肩膀上有道刻印，刻印像是迅速成長的藤蔓擴張至她的腳邊，而她的表情也不再懦弱，突睜的眼瞳燃起瀲灩的火燄！

她狠狠地瞪著少年。

「妳……」少年認得這張臉。

幾天前，他就在這裡遇到過的少女。在暗殺吉博里侯爵時所調查的情報中，他得知這位是吉博里家的千金，也就是侯爵的女兒。

過於巧合的情況，令少年不由湧上了一股罪惡感。

而此時，少女身上的火焰漸漸收回藤蔓的刻印。

刻印安分地蟄伏在她的肩膀上，成了讓人忌諱的圖案，而那張本來倔強的臉，正對著少年擺出哀悽的神情。

「對不起！沒有早點趕走那些人。」少年摘下布帽。

「你、你是……」少女急忙遮掩住自己的胸部，然後縮起下半身。

她的眼角仍泛著淚，睫毛上的淚水因為沾上了灰塵，顯得眼睛周圍像塗了妝般，灰濛一片。

就算少年沉穩的聲調並不像那些士兵猖狂，她還是保持著合理的警戒。在少女看來，他也可能是即將侵犯她的人。

她應該不知道是我……

「莫寧・哥德。」微微鬆了口氣，少年解下披在身上的旅行斗篷蓋在少女的身上，目光不自主地看向少女肩膀上的圖案。

那是，女巫印——這片土地詛咒的倒十字架胎記。

「莉梵・吉博里……」少女的手按著肩膀，微微瑟縮。

莉梵・吉博里，少年自然聽過這個名字。

吉博里侯爵之女，南方大陸上無數的詩篇、頌歌中曾經抒寫、歌傳的貓——貓爵！

而他，本名則是利克摩．德莫格。

這點當然不能告訴她，她也不需要知道。

「來吧，我帶妳離開。」

少年遞出手掌，這是他與紅髮少女展開的旅程前，唯一的一句話。

第一幕　秋初的黎明

晨曦的腳步攀過了山稜，然後，漸漸變得輕快。

陽光在褐色的道路上推進，拉開低垂的夜幕。

道路兩旁飽滿的麥穗，被收割過的麥梗正在風中搖曳，瘦長的身形，比平常豐收時的高度矮了一截，而本是黃金色的麥海，此時已褪成了米色，遺漏的麥穗慵懶地覆蓋在土表，在早晨來臨之時，格外讓人感到心曠神怡。

麥田兩旁，聳立著相同的兩層樓建築。

高聳的牆墩，延展出巨大的尖塔頂，塔頂的十字從尖塔下方探出，支撐的葉桿，連接著碩大的長方型葉片並緩慢地旋轉。

它是為了磨粉與脫穀才聳立於此的風車。用於砌築的石塊呈現各種不同的顏色，並填滿了各牆墩柱間的空隙，而不規則凹陷的牆面，大概是長久經過日曬雨淋所導致的。

影子在光下變換角度。

馬車持續顛簸地前進，逐漸趕不上光的腳步。

突來的感覺，令少年睜開眼睛。

前晚，他睡得並不是很好。

崎嶇不平的道路，使馬車顛跛得太厲害，每當行經佈滿石塊的路面時，那

顛盪的程度實在令人無法安眠，所以，他保持著讓身體進入休眠的狀態，意識則未進入夢鄉。

而本想趁好不容易適應時稍稍補眠，讓長途跋涉的疲勞消除個大半，臀部傳來的不適感卻再次弄醒了他。

少年疲憊地轉動脖子，看向外頭。

早晨的第一道微風吹進馬車，像是露水打落至鼻頭，堆滿著無數貨品的車棚內，那股濃重、厚實味的麥粉味道，令少年清了清鼻腔，坐臥在貨品堆中的身軀不自覺動了動。

蓋在身上的斗篷順勢滑落，少年趕緊拉回，深怕冷著了窩在懷裡的小動物。那是隻有著棕紅色漂亮毛髮的貓，毛髮柔順亮麗，就像貴族所豢養的寵物。少年深怕吵醒了牠，小心地為牠蓋上破舊的斗篷，然後裝作無事發生般抱著牠，轉回頭看著車外。

綿延數公里的路旁都是麥田。

麥梗只留著沒有麥穗的梗架。

那彷彿少了什麼的空缺感像心底缺了一塊，令少年心緒有些波動。

怎麼了？·莫寧？

為什麼擺出一副哀傷的表情呢？發生了什麼事嗎？

柔和的語調像是氣泡從湖底浮至湖面，拉回少年的視線。

「沒事，妳什麼時候醒來的？」從心底聽到聲音，莫寧低頭望向懷中抖動的、毛絨的貓耳朵。

他的表情僵硬，幾乎沒什麼變化。事實上，從開始旅行時他就是這副模樣，臉上從來沒有任何情感徵兆。

但在這隻貓看不見的地方，他偶爾會流露出苦悶之色。

對莫寧而言，似乎其他的事物都不重要。

也只有這隻小動物，是他最珍惜的。

嗯，只要你動的話，我就能馬上感覺到……

嚴格來說就是剛才吧。

貓的語調很溫柔。

牠在莫寧懷裡打了個滾，並抓抓耳朵。

牠帶有抱怨意味的話語，卻令人聽起來很舒服。

莫寧鬆開斗篷，讓那隻貓能好好舒展下久未移動的身體。

他不是愛說話的人，往往直接以行動代替言詞，外表反而更變得冷酷。

但他並不想刻意改變自己，也不想刻意去掩飾，因為這樣顯得虛偽，而且也毫無意義。

謝謝，真不好意思。

即使兩人結伴旅行已有好一段時間，但莫寧不管做什麼事，牠都不忘基本禮儀。

事實上，牠對任何人似乎都是溫柔地相待。

似乎是冷著了，棕毛貓瑟縮進了斗篷一角，但牠的力氣根本不足，身軀又小得可憐，哪能拉得住寬大的一塊布？

莫寧見牠慌忙卻笨手笨腳的動作，摸摸牠的頭拍了一下，然後，還是自己拉上了斗篷。

本來想自己來的，但每次都麻煩你……

有的時候，我不大想依靠你。

棕毛貓探出頭，對著莫寧舉起貓掌，摸了摸他的臉。應該是以前的優渥生活，讓牠被照顧得習慣了，有時靠自己的力量卻難以成事

「沒關係，我不介意。」莫寧並不討厭牠的依賴。

你好像沒有睡好的樣子，眼下有一圈黑呢！

貓掌往莫寧的眼圈摸去。

莫寧皺眉，被貓爪撓得有些難受。

啊！對不起！我忘了收回爪子了……

「妳應該……不知道馬車會搖晃吧？」

你在諷刺我曾經是個貴族嗎？

貓鼓起兩頰，銳利的貓爪咬住破舊的衣衫，抓開了一道撕痕。

「我沒那個意思。」莫寧既不躲也不制止，兀自在腦中描繪出身為人形時的她。

他是個主觀的人，在他看來這隻貓只是有些任性、有些淘氣，但那唯我獨尊的模樣，看起來意外地可人。

可有時，他並不會考慮到這隻貓的心情，所以，總會說錯話。

但，他並不想被關心。

這與他孤獨的童年遭遇有關。

從南方的普羅亞出生時，他過著飽餐一頓都困難至極的生活，每日必須在釘滿鐵釘的皮鞭壓迫下，做著中央配給的苦力工作。

建築教堂、市政廳……只要是城市上層的指令，身為奴隸就必須付出生命

揮灑汗水，驅動著不知道為何而努力的身體做著苦工。

那幾年的夜晚，他啃著黑麥麵包度過。

堅硬的口感混著淚以及牙齦的血，酸澀的味道就好比那時的心情。

曾經，他毫無方向感的人生只有絕望！

然而，生活卻在十幾年前改變了……普羅亞被聯軍攻陷，他也趁亂逃出，就這樣，開始了十幾年的流浪人生。

怎麼在發呆啊？

莫寧？

見莫寧又在發楞，貓舉起掌在他眼前揮動。

「又怎麼了？」莫寧終於有了回應。

只是想問……

算了，有東西可以吃嗎？

貓放下掌，歪著頭動了動耳根。

「我記得還有肉餡派，要吃嗎？不過我認為還是吃黑麥麵包來得好。」莫寧皺了下眉，抓起右邊的皮囊並打開袋口。

我要吃肉餡派，你吃黑麥麵包。

一聽到莫寧的話，棕貓加重踏在腹部的力道，漂亮的毛髮彷彿倒豎了起來。

莫寧不置可否，從袋裡拿出那塊香味四溢的肉餡派，遞到牠口中讓牠咬著，自己則抓著一塊黝黑的黑麥麵包，拍掉上頭沾到的肉餡派屑，大口咬下表層的焦皮。

他不在意這種苦澀。

苦澀是他生存的動力，讓他永遠記得小時候的經歷及滿手污穢的罪惡。

棕貓又鼓著兩頰，把嘴巴兩旁弄得像牛皮鼓起。

只不過，牠發覺自己好像沒什麼立場，便吐了吐舌頭不作回應。

看著莫寧，棕貓知道他沒有惡意。

這個有著黑頭髮的少年是救起自己的人，修長的臉孔、黑瞳再加上深邃的五官，有歷經滄桑的成熟感。

但是二十歲的他，給人的感覺毫無少年氣盛，在那滿是破洞的斗篷上，似是佈滿了歲月及記憶的痕跡。

莫寧並不嚴肅，只是不懂言語，不懂得表達內在。

換句話說，他不知道要怎麼待人。

但棕毛貓摸透了他，已到了幾乎掌握內心任何角落的地步

再給我一塊肉餡派吧。

棕毛貓跳下莫寧的腿，輕快的腳步毫不受到搖晃影響，優雅的身影，比在琴鍵上飛躍的手指還來得輕巧，棕色的毛髮順著風像在平原上的麥梗般搖曳，柔順得完全不像睡過一晚的扁塌。

還有請別擔心，我不在意。

任何人總有失言的時候。

這次棕毛貓沒有使用敬語，抬起頭安穩地坐在一旁等著。

「只剩最後一塊了。」莫寧表情一鬆，從容地再掏出一塊肉餡餅遞過去。

棕貓用兩掌抓起派，兩頰鼓著，咀嚼著肉餡四溢出的烤香。

莫寧則把麵包所含的穀物用牙齒碾碎。

堅硬得像石頭的核果內核應聲碎成幾塊，在齒間磨合下壓成核泥。

轉眼間，莫寧已咬完那塊麵包，信手用指腹抹去唇下的麵包屑。

而那貓也嚼完了僅剩的最後一塊肉餡派。

牠舉起右掌搔搔嘴角，清理沾在毛上的碎屑，有些懶洋洋地望著莫寧。

你啊，從旅行開始的時候就看你一直吃乾糧麵包，這樣不太好吧？

莫寧沒說話，臉上還是淡淡的神情。

貓並不習慣如此粗糙的飲食，而他已經習慣這樣的飲食方式。

棕毛貓轉頭看向車外。

塵埃跟著泥沙從行經的路線揚起，順勢吹進了馬車內。

這讓牠的眼睛不大好受，牠只好起身走到裡頭的陰影處躲著。

而這時，從前頭傳來的聲音聽起來既老練又高昂，還帶著沙啞的成熟喉音：「後面的旅人先生，芬徹快要到了喔！」

那聲音，來自載著他們上路的車夫。

莫寧聽了便封好袋子，又把繫在上頭的皮帶綁個結。

「莉梵，變回人形吧。不然會遭來不少異樣眼光。」他站了起來，對正歪著小臉的棕貓說道，熟練地拿起斗篷往自己身上披開，然後在皮繩上綁個活結。

人身真的沒有動物形態來得舒適啊……

棕貓還是歪著頭，舉起貓掌梳理著鼻子旁的鬍鬚，閉起渾圓的眼睛。

莫寧皺起眉頭，瞪著牠，「妳也知道這裡對貓的成見跟規矩相當有名，快點吧。」

棕貓愣了一下，垂下耳，毛髮開始向洩了氣的兩頰縮回去，接著背部迅速地隆起，貓耳陷入臉頰，圓臉因而露出人體的膚色，五官從凹陷處浮起，變成

了細緻的美麗臉龐。

嬌小的身軀站立起來，全身的棕毛跟著縮回集中在後腦勺，瞬間拉長了約有半尺，後腳也漸漸變得粗壯，腳掌前緣拉長漸漸形成腳指頭。

小巧鼻子裝飾在線條優美的鵝蛋臉上，其後連綿著如鮮血般的紅髮，恰巧彎成一線的眉毛似乎修整過。

她一頭比得上任何貴族女性捲髮，自然地伏在肩胛的曲線上，毫無瑕疵的身體透著嫩紅，纖腰連著弧度自然的大腿，雖是身處車棚中，但優美姿態以及姣好身材卻遮掩不了。

「……」莫寧反射性地轉過頭去，皺起的眉頭垂下。

他從來沒見過女性的身體，所以也不知道該擺出什麼眼光……或許，也是他尊重這位陪同旅行的夥伴吧。

「真不好意思，忘了跟你說一聲！下次我會注意的。」名叫莉梵的少女帶著笑，往莫寧走去。

她只遮掩住胸前，優雅地用另一手撥開鬢髮，露出右耳。

「沒關係。」

「『沒關係』？意思就是『就算給你看也沒有關係囉』？」莉梵的語調帶點

頑皮，似乎正故意逗著莫寧。

「……」莫寧不知道該回答什麼，只好以沉默作答。

「難不成真的會害羞嗎?莫寧?莫寧?」莉梵眨巴著眼。

「並不是。」莫寧頭也不回地反駁。

莉梵偏頭笑著，俐落地抓起一件棕色的連身長裙套上，調整了下領口的蝴蝶結，然後稍微俯下身拍拍裙襬，把沾在上頭的麥粉碎屑拍散。

就在這時一聲馬鳴響起，車輪便停止轉動。

莫寧判斷她已經穿好了衣服後，便抓著帆布要往馬車外走去。

但莉梵似乎沒有踩好，重心不穩地跟馬車裡的麥粉袋一起往前臥倒。

「啊。」她下意識地低呼。

「小心點。」莫寧很自然地敞開雙臂，接住她的上半身。

「……抱歉，剛剛沒有站好就跌倒了。」像貓形時一樣趴在莫寧的懷中，莉梵仰起頭對他吐吐舌。

事實上，她感到一陣暈眩才會沒有站穩腳步，那陣突來的暈眩透著令人厭惡的黏膩感，而且，這也不是第一次了。

但她沒有告訴莫寧。

她認為自己也該獨立了，不想讓莫寧老是照顧她。

莫寧朝她的頭頂拍了下，然後彎下身，拿起丟在麥粉袋旁的那雙尖頭土色涼鞋，「妳還沒有穿上鞋子。」

莉梵踩著優雅的步伐，慢慢地踏過滿地零散的麥粉走過去，兩手放在身後，讓莫寧為她穿上鞋子。

莫寧解開糾成一團的鞋帶，握著腳踝將繩帶以固定的間距繞在莉梵的腿上，然後在交會處打了個蝴蝶結。另一隻腳也仿造了同樣的手法。

「好了。」

「啊，謝謝。」莉梵笑彎了眼，禮貌性地道謝。

「拉上兜帽。」莫寧又擺著一張生人勿近的臉，嚴肅地往馬車外走去。

莉梵吐了吐舌頭，拉上兜帽跟著跳下馬車。

雖然，莫寧老是不告訴她自己在想些什麼、想做些什麼，但，她都清楚得很。

為她鋪好衣服或是幫她蓋好斗篷，時逢雨季時，便叫她變回貓躲在他懷裡避雨，那都是莫寧溫柔的一面。

「旅人先生，看來您跟這位小姐感情融洽嘛！看不出來你們只是途中遇見

而一起同行的啊。」馬車旁，頭上綁著布巾的車夫用著高昂的語調說道：「做事要負責，這是男人的規矩。

「旅人先生也許有苦衷，所以不能對我透露你們的關係，但是我懂的……我懂！」

車夫一邊拍著莫寧的肩膀，一邊扯開嗓子大笑了起來。

莫寧不知道該怎麼回答，只好愣在原地。

「真是不好意思，還勞煩您載我們到這裡。」下了馬車的莉梵笑著接口，雙手合攏在腰前，微微地向前傾斜身體行禮。

曾經是貴族的她，做起社交禮儀來自然非常地標準。

「等一下、等一下！真的不需要這麼隆重啦！」車夫見狀更是笑得開懷，「這也是剛好趕上我這一季磨製的最後一批麥粉，要是你們再晚點，也許就要走上一天了。喔……運氣差遇到大雨的話，可能連五天都到不了。」

「那我們還真是幸運呢！或許能在此時相遇是種緣分，大概是女神的安排也說不定。總之，還是謝謝您載著我們到這來。」

莉梵所說的女神，便是這片大陸上所信仰的兩位一體的女神。

「我已經說了，不用再繼續道謝啦……」車夫笑著又道：「現在，要進入

芬徹輸貨得從另一頭進去，馬車進不去正門的。所以，我必須在這裡放你們下來。」

「為什麼呢？」莉梵歪著頭，用天真的語調向男子問道。

「你們不知道嗎？」車夫扶好快要掉到外頭的麥粉袋擺正，壓低音量說道：「因為芬徹正值『忌諱之季』……千萬別大肆宣揚喔！這詞是個禁忌，掛在嘴邊會被討厭。」

「忌諱之季？」莉梵偏著頭，狀似十分好奇地問道。

「芬徹曾經出現過紅髮女巫。」車夫似是面帶難色，遲了一會兒才開口：「傳聞，女巫有可能會變成貓到處騷擾，所以從第二任教宗開始，全城都會舉辦這樣的儀式喔。」

「這與必須繞道而行有什麼關係嗎？」莫寧插進兩人的談話問道。

「當然有了！忌諱之季開始時就不讓不明人士入城，外來的士兵團、來希德教派發源地朝聖的教士等等……都得從這條通往聖堂的路走。當然，這也是因為聖堂的內部構造，傳說女神會由頂端往下察視，分辨善惡後決定是否讓其通過，所以，也演變成如今教派的隱性規定了。」

在米布奇大陸上，相當盛行的宗教便是希德教派，其盛名，就連在普羅亞

出身的莫寧都知曉。

「看樣子這幾乎遍佈全大陸的信仰，果然有許多所不知道的煩瑣法令。」莫寧尋思著，戒心因車夫的說明而加重了。

「那麼，有什麼需要注意的事嗎？」莉梵又問。

「關於這點……其實也沒什麼重要的事。」車夫搖了搖頭，又補上了句：「只不過小姐，妳得習慣在這幾天市民對妳的眼光。」

「我知道了。」

「知道就好啦，不過呢……這位旅人先生，我相信你會保護她的。」車夫笑著說道，又對著莫寧的肩膀拍了幾下。

莫寧無奈地點點頭，不著痕跡瞧了莉梵一眼，那頭過於醒目的紅髮，正掩蓋在兜帽下，避免了可能面臨的麻煩與尷尬。

「謝謝您的提醒，希望以後還有機會再見。」莉梵再度傾身行了禮，靈活地跟在莫寧身邊。

兩人越過馬車，便往前方繼續走。

「兩位小心啊！」車夫向著他們的背影揮手道別，駕著馬車往另一條岔路駛去。

天空像慢慢拉開的帷幕。

前方的麥田延展，道路兩旁的麥梗手可及，米色的麥海，讓人想跳進去感受自然的氣息。

莫寧踏著鋪滿乾枯麥草的鬆軟地面，一邊望回注意莉梵是否跟在後頭，一邊觀察週遭的環境。

莉梵敞開雙臂感受著迎面而來的風，像個孩子般輕快地走著。

她跟在莫寧身後，隨手拔起可得的麥梗，一下子叼在嘴內，一下子拿在手中轉動，並看著上頭的麥屑像花瓣般散落。

兩人在擺動的麥梗列隊歡迎下，持續地走著。

沒多久，一幢碩大的建築物映入眼簾，高聳而看似直達天際的兩座尖塔挺直，塔頂伸出一根細長的柱，往上頭仔細一瞧，針上頂著一條橫桿，鳥型的牌子攀在橫桿上。

莫寧推測，是烏鴉造型的風向儀。

往左右延伸的，是遠處就可看見的城牆。

側面還探出兩座塔，四座塔連成方陣，中間坐落著棋形穹頂的雙層建築，

拱頂下方環著拱樑，往外伸出許多拱壁建，立在第一層上方，下有無數拱柱支撐，間隔可看出那是個拱頂迴廊。

這樣的穹頂建築再加上雕琢的細緻裝飾，更添了幾分威嚴與莊重，在米布奇大陸內可說是無出其右，帶給莫寧莫名的震撼，讓他真正感受到何謂宗教發源地。

至少，他在旅行中從未見過這樣的建築。

「啊，這是聖堂嗎？」莉梵像是看見寶物似的，走到莫寧的右邊問道。

「誰知道呢？」莫寧隨口答道。

穹頂環繞著鳥群，黑色的身影在雲層縫隙中飛舞，以穹頂為軸心，持續地在上頭試圖隱藏自己黑色的羽毛，但那什麼也藏不了，彷彿只要被光照到，就能看個仔細，令他不自覺地認為這在諷刺自己。

「……光是走在它前方的路上，就能感覺到壓迫感呢！」莉梵讚嘆道。

這建築用肉眼所能看到的高度來推測，起碼也有幾百公尺高，其工程歷時一定相當長。

莫寧目光微沉，甩開腦中無聊的想法，繼續走在逐漸寬廣的路上。

須臾，他看見前方有幾位看似衛兵的人，於是轉過頭提醒莉梵：「把兜帽

戴好。」

莉梵先鼓起兩頰覺得挺麻煩的，但還是照著莫寧說的做了。

過了一會兒，兩人走到了巡查士兵的前方。

「請停下。」戴著輕盔的人首先開口，語氣聽不出任何喜意。

另一人則是打開輕盔前緣，露出隙中成熟的面孔。

「我們是旅行至此的旅人。」莫寧並不想生事，淡淡地說道。

「旅人？應該沒有帶什麼違禁品吧？」

「您指的違禁品是刀劍之類的嗎？還是毒品、禁藥？旅人帶著這些要做什麼呢？」莉梵反問，尖銳語音如同貴族在責問下屬。

兩名衛兵被嚇得頓時啞住。

「芬徹衛隊的工作是很神聖，請不要觸犯他們了。」赫然，一道聲音像掠過的鳥飄來。

聽聞聲音之後，兩名衛兵臉色大變，繃直了身體似乎不敢轉頭。

款款而來的女子，有著一頭像琴弦般剔透的金髮，髮尾稍稍往內捲，她的臉上，沒有一抹瑕疵，彷彿是像用陶瓷雕刻出的工藝品。

腰身經過特別設計的綁束，雖然外面套著女性的薄紗背心，但裡頭透出女

性用的鏈甲式便衣，下半身是行動方便的薄紗褲裙。

鏈甲不是所有士兵都能穿的。

大部分的士兵都穿著板甲，換言之穿著鏈甲的這位，在芬徹應該有很高的地位。

再看她腰束著一柄長刀鞘，尾端往內彎，是加長過後的長軍刀，而且那內彎的刀尖，肯定是追求拔刀立刻佔上風所運用的打造法。

莫寧很快地就初步掌握這人的裝備，不免好奇地開始從衣著上推測她的身分。

而對方先是在兩名衛兵間端詳，然後才盯著莫寧與莉梵瞧。

這種帶著審度的視線，誰忍得住？

更何況是莉梵！

她一雙貓眼微瞇，眼看就要發難。

幸好對方即時放下架子，「兩位，這邊請吧。」

眼見對方擺出柔和的表情接待，莉梵先是與莫寧互相對視，然後，在他的示意下安分地跟著對方。

兩名衛兵從頭到尾都不敢吭聲，完全被這名女性的聲勢給壓了過去。

「想必，這位一定有相當的地位了。」莫寧如此想著，更加注意莉梵與自己之間的距離，讓她不離開自己的視線。

「為了忌諱之季，大家都累了。」那名女性沒有轉過身，邊走邊說道：「況且，還有個紅髮女性……」

莫寧神色一凜。

這女人……莉梵的兜帽從頭到尾都沒有除下，她卻一眼就看透了莉梵的特殊。

莉梵略伏低了腰，貓眼陡然呈現出束瞳。

「我不是你們的敵人。」女子停下腳步，架著刀鞘向莉梵看去，「我是夏依・查爾斯汀，芬徹的近衛隊長兼行政事務官。莉梵小姐，皮斯侯爵已經找妳許久了。」

「妳認識侯爵？」莉梵臉上的表情再變，語氣掩不住興奮。

女子微抬高刀柄，刀上的藍色紋章，圓內鑲嵌著五角星，而五角星中間又填了一只實心的十字架，正是身為教宗的皮斯伯爵家族的象徵。

「啊！真是太好了！終於不用再過這種苦悶的旅行生活。」莉梵開心地嚷道，隨即退至莫寧身旁，優雅地撩起裙襬向女子行了一禮。

莫寧撓了撓鼻心，真不知道該說些什麼……他自認，已經很照顧她了吧！

莉梵則朝他吐了吐舌頭。

女子似是無視兩人之間的交流，逕自轉過身往前走。

莫寧與莉梵對視了一眼，只好跟著繼續走。

「忌諱之季到底是什麼？是不是與生命之輪有關？」沉默片刻，莫寧還是問了。

「你是？」

「他從梅墨利救我出來的人，他也是旅人。」莉梵實話實說。

但，她的話語中顯得帶點遲疑……這份遲疑，到底是什麼？

女子收回了目光，「你指的是時隔一百六十五年的獨立月週期，那與忌諱之季並沒有關聯。」

在米布奇大陸上有個奇蹟，那便是生命之輪，每一百六十五年，將會出現一次的獨立月週期。

所謂的獨立月，是指獨立於每月盈缺週期的八天。

在這八天內，月將會迅速地隱藏然後再度飽滿成圓月，不受其他因素影響。

所以與其說是奇蹟，倒不如說是讓研究天文的學者瘋狂的現象。

而後天，就是生命之輪的第一天，天空上的淡月，看起來快要形成半月了。

「是嗎？」莫寧眼神一黯。

雖然那女子毫不猶豫地給了否定的答案，但他無法不在意這其中隱瞞的祕密。

此時，夏依已帶著他們走到了聖蓓蕾克琺聖堂門口。

聖堂的雄偉，再度震撼莉梵與莫寧！整座聖堂像存在於夢境中，穹頂的光輝，令人覺得虛幻且敬畏。

而聖堂門口，左右各站著一名衛兵。

他們身上的服裝，是一身兩件式的白衣，皮帶下方的褲管白淨且膨起，與手臂上緣部分膨脹的長袖相同，只有皮靴是黑牛皮製的，戴的也不是一般衛兵所戴的鐵盔，而是點綴了飾羽的斜邊帽。

最吸引莫寧視線的是那兩人手上的鐵矛，長度果真如傳聞中一樣，比一般的長柄武器還來得長。

「這裡的人，都喜歡把武器加長嗎？」莫寧不禁看向帶著他們進門的女性。

「站住。」兩名衛兵手上的鐵矛陡然前伸，矛柄交叉頂住地面，擋下了莫寧兩人。

「跟著我說，您也是。」女子回頭，阻止了莉娜與莫寧想踏上階梯的腳步。

莫寧與莉梵先是覺得莫名，但還是點頭了。

願女神們與你們長存於此。

女子低語。

隨即近衛隊拉回了鐵矛，將之靠在自己的心臟前，身體微微傾前向他們致意。

莫寧行完禮後，便觀察著兩名士兵開門的動作。

可以肯定，那扇門的門把是種拴鎖，鎖的位置大致位於兩名衛兵的頭部高度，而門上的橫木則被拆成兩塊，兩名衛兵的動作一致且恭敬地把木頭各往左、右拉開，再由下扳起，橫木分離後被扳成了縱向，往內擠成了門把。

這奇異的設計，讓莉梵覺得十分新奇。

「兩位可以通行了，蓓蕾克珐女神會在清澈無比的冰中，指引你們。」近衛隊沉穩地說道，推門的動作緩慢且看起來相當吃力。

而那道門在推開時，更是發出感嘆老舊的悲鳴。

夏依帶著莉梵兩人越過向他們行禮的近衛隊，踏上石造的階梯。

就在這一瞬間，莫寧身上破舊的斗篷在他身後被捲入聖堂的風急遽甩動，

緊接著，那扇門在斗篷的一角進入室內後巨響了一聲便闔上了。

陡然，如利刃般尖銳的光芒刺進了他們眼中。

「真刺眼呢！」莉梵連忙用手遮住眼睛，躲在莫寧的背後，踏著他身上斗篷形成的寬廣影子前進。

莫寧同樣感到眼睛酸澀，不過踩著黑格與紅格交錯的地磚走了幾步，他便迅速習慣了光的強度。

停頓片刻後再往上瞧，光暈從他的視線內褪去，聖堂的尖肋拱頂漸漸顯現，上頭環繞著一層短柱，交叉的肋線四端都連著短柱的柱頭，雕飾著花飾的短柱上，還鑲著拱底石。

由於拱頂實在過高，而且肋線的間隔兩面都弄成了玫瑰窗，光線從拱頂溜了進來，一瞬間，莫寧甚至感到自己都變得透明。

「小姐，女巫印的狀況還好嗎？」女子像是不經意開口，既沒有停下腳步也沒回頭，甩動的捲髮隨著步伐俐落地展露迫人的氣勢。

這話一出，莉梵的臉色瞬間變得哀傷不再柔和。

知道她的反應一定是如此，莫寧試著想讓她避開回答，率先開口：「夏依小姐……」

「……很抱歉勾起您不好的回憶，小姐。」截斷他的話，夏依回頭正色看著莉梵，「但是我得保護好您與女巫印的存在，這是您父親生前與伯爵的約定。」

「吉博里侯爵，也常常問我這問題呢！」似乎是不甘心地接受這種說法，莉梵遲了一會，嘆了口氣很無奈地笑了，「女巫印……這種東西為什麼要長在我的手臂上呢？」

莫寧看在眼裡，不由想起了在梅墨利救起她時的模樣。

當時的莉梵，全身彷彿泡在火裡無人敢靠近，而那藏起來的自我，則被恐懼給關進了心底。

那一瞬間，天空下落的雨滴彷彿為了她而哀泣。

而當她的臉從雨絲的深埋中探出，寫滿哀愁的表情就像此時的臉孔，浸濕了他受傷且乾涸的心靈。

「如果想要活著就得遮掩過去，小姐。」夏依不為所動地提醒。

「……就沒有輕鬆一點的方式嗎？」莉梵抗拒地呢喃：「日復一日每天帶著笑容活著，這才是人生的樂趣吧？」

「也許吧……」莫寧也跟著附和。

夏依反倒沒有回嘴，可能是暗自贊同他們的話吧！

其實說起來有點諷刺，事實上，莫寧連自己都不知道人生的目標都不曉得。

對他而言，贖罪就像建築這雄偉的聖堂，無人知曉到底何時完工，所以，他選擇了深埋心底並繼續邁進，只要能多挽救一條生命就好。

而為了這個目標，他必須遮掩過去。

他想要活著。

只是當真相被拆穿的時候，四周會變成什麼樣？他無法想像。

而當時救起莉梵的動機到底是為了自己，又或者其他的事物，他也早已分不清甚至感到迷惘，唯一清楚的是，莉梵每次浮上一抹微笑，總令他想起那天大的罪惡。

他殺過無數人，甚至連她的父親都殺了，可現在卻和她悠閒地旅行。

他被斗篷蓋住的腰身相當沉重。

腰上厚重的粗重皮帶，由大到小排列著五把匕首，全都安穩地紮在與刀身大小磨合過的皮鞘內，彎曲的刀柄與皮鞘的彎向相反。

這是種看起來十分怪異的行裝，卻足可令他安心……但，要是她知道這是凶器，會怎麼想？要是她知道這上頭曾經沾了吉博里侯爵的血，她又會如何是好？

「到了。」夏依停下腳步。

莉梵跟著停下腳步，瞇眼瞅了瞅那聳立地大門，頭一偏，信手從莫寧的兜裡摸出剩下的黑麥麵包咬著，邊嚼邊向莫寧使眼神。

與入口的門不同，這扇門利用了玫瑰窗的設計，有著各種色塊填充的玻璃，而莉梵便是發現這種門要兩人才能順利開啟，所以，才示意莫寧幫夏依的忙。

莫寧不知道該拿她怎麼辦，只好猶豫了一會兒，只好握住那普通的握式門把，推開那扇高於他兩顆頭的門，為她打開了盡頭的門。

夏依首邁先過門。

莉梵緊壓罩住半顆頭的兜帽。

緊跟在她身後走入迎面襲來的光瀑，在她看不見的背後，莫寧的臉上卻露出了一絲愁容，他想，維持現狀。

撫著左腰的匕首，他咬緊牙，只要能維持現狀就好！

他發誓，會一直保護莉梵．吉博里！

至少，祕密曝光之前……

第二幕　潛伏

通過了聖堂富麗的長廊，微彎的石板路在他們面前拓展。秋景多了點陽光點綴，為老舊的街道汰去了舊色，然而迎面走來的人們，臉上卻毫無生氣，規矩得像是螞蟻群在路旁緩慢行走。

沉重的壓迫感，像瀰漫著死亡的戰場。

「怎麼回事？」莫寧的神經，敏銳地感覺到一股不協調的氣氛。不詳的預兆，逐漸轉變成警覺。

他的心臟感受到一股讓人戰慄的緊張感，像他以前走過無數戰場的那股緊繃，除了必須避免讓莉梵遇到用命搏鬥的狀況外，他對這城市突然產生興趣了。

「真不好意思，只有今天是例外。」夏依頭也不回，繼續領著他們走著。途中經過他們的人雖頻頻敬禮，但看到後頭的兩人卻馬上低頭。

「……有點恐怖呢……」莉梵把剩下的一小塊黑麥麵包塞進了嘴裡，故作鎮定地回望迎面越過的人潮。

「小姐，請別在意。」夏依還是輕描淡寫，目光卻不時在觀察莉梵的狀況。

莫寧邊走邊張望四周，越往道路前方走，人似乎比剛進城時越漸增多，只不過，迎面而來的每張臉都被布兜給蓋住，姿勢與步伐收斂幾近用著碎步前進著。

而且在眾多雙目中，不乏往莫寧他們看去的視線。

那尖銳的眼神弄得莉梵全身不舒服，讓她湧起一股被侵犯的噁心感。

她下意識地拉著莫寧的衣角，全身止不住地發抖。

「身體不舒服？」莫寧關切地望著她。

「不，沒什麼……」為了不讓莫寧擔心，莉梵口說著無事，可其實她的恐懼幾乎爬滿了全身……是不是來錯地方了？

她心忖，明明該是車水馬龍的街上，卻連早晨基本的應答聲都沒有！

放眼望去，整座芬徹就跟死城沒兩樣。

為什麼要選擇芬徹？

不久前，莫寧好像曾這麼問她。

——它好像在叫我往某個方向去。

半推半就下，她給了莫寧這樣的理由。

「它」指的是月亮。

當時，莫寧也沒什麼意見，反正沒有固定行程的旅程有了目標。

但現在，莉梵開始後悔來這兒。

這真的是城市嗎？

沒有攤販也沒有熙攘人群，有的只是像軍隊般行動的人群，經過他們的人群，無不例外只瞥了他們一眼，便快速地擦身而過。

不只是莉梵，就連莫寧也感到不對勁！

經過幾次的觀察，他敏銳地察覺到人群對著莉梵瞪視，登時興起想早點離開這裡的念頭。

這時，夏依停下腳步，「不好意思……我就送到這邊了。」

她帶著審度的目光，又落在莉梵身上。

而莉梵早已乾脆用莫寧的手臂擋住半邊臉，只露出一邊眼睛掃視著四周，神情似乎感到相當厭惡。

「『女神誕辰日』也快到了，我有許多護衛及維持秩序的工作要忙。」夏依收回目光逕自又道：「我想這位……喔，還不知道您叫什麼名字，能否告訴我呢？」

「莫寧．哥德。」莫寧倒是十分爽快地回應，不過，臉色卻是相當難看地追問：「容我一問，女神誕辰日是什麼？」

對他的問題，夏依似乎不大想說明，略皺了皺眉才道：「你們有從外頭聽說今日的特殊吧？兩天後就是生命之輪的開始，那又稱作『女神誕辰日』，也

可以說是『世界初始日』。」

目光直視著前方，她一字一句地說道：「另一個名稱，又叫『女巫驅逐日』……」

「女巫……」指的是莉梵嗎？

莫寧抓著腰間的刀，臉色越發地難看。

莉梵還是低著頭不發一語，環勾住莫寧的左手臂，姿態像是隻依偎著主人、尋求安慰的貓。

她對那些如影隨形的目光，厭惡到無以復加。

她從來沒有遇過這種情況。

以前住在宅邸裡，她就像個童話故事裡的公主，注視她的目光，只有父、母親與女僕，如今，這全世界彷彿都注視著自己的恐怖，只有她自身能體會。

「莫寧先生，能否替我照顧小姐？」

再次無視莫寧的敵意，夏依十分淡漠地說道：「我得去忙了，這段時間，只要跟著城內的人做一樣的動作就行，請不要作多餘的行動。」

略頓了頓，她加上了一句：「雖然今日顯得嚴肅，但還是可以在城內逛的，只是麻煩要注意小姐的情緒。」

「妳不保護她了嗎？」莫寧瞪視著夏依，語氣冷得像是在質問。

「不然這樣吧……」似是不想做無謂的爭吵，夏依指著不遠處一座土灰色的鐘樓說：「結束後，我會到那與你們會合，到時我會帶你們到宅邸。莫寧先生，到時您的疑問也可以得到解答。」

似是無聲的較勁，雙方在交叉分佈的人群中互相瞪視。

過了不久，莫寧妥協了。

「好吧。」淡漠地回應，他的表情由始至終沒有變過，本來戴有冷漠面具的臉孔，更因些微的焦慮，隨深鎖的眉頭糾成一塊。

倒是莉梵，在夏依給了保證後不由稍微舒展了眉頭，露出淡淡地笑容。

夏依朝兩人敬了一禮，便架著刀逕自遠去。

為什麼放任如此重要的莉梵單獨在這裡？夏依．查爾斯汀不是近衛隊長這高地位的人物嗎？想為她找到安身處應該不難吧？

望著她的背影，莫寧心底的疑問又添了一條，照她所說伯爵已尋找莉梵許久，好不容易見到了人，卻把莉梵交給僅見過一面的陌生人，這實在不是合理的處置。

莫寧不得不起了疑心。

將警覺性調整到與莉梵結伴旅行前，他邊盤算著各種狀況，邊揣摩人群的反應。

這時路面漸漸寬廣，人潮逐漸停下腳步，周圍的緊張感再度凝結。

「又來了嗎？我討厭這種感覺。」莉梵忍不住嘟噥。

此時，他二人正停在人潮的後方。

周圍的人群把間隔都擠盡了，連想要一探前方的情況卻完全擠不進去，而除了早晨的鳥鳴聲外，那看起來廣大而摸不著邊際的人群更有股違和感。

似乎，每人都半聲不吭地當自己是座雕像。

「這座城市，到底是怎麼回事？」

「不知道。」簡短地回應躲在身邊的莉梵，他想到了信仰、想到了宗教，開始從腦中開始推測各種可能性。

芬徹是宗教重鎮，大部分的市民可想而知都是希德教派的信徒，但如果是單純的信徒，應該不會保持漠然也不會冷瞪著他們，

信教者如此排外的態度，實在說不過去……

還有，那屢次投來像巴不得殺死他們的視線……真要說的話，他們所看的對象，似乎是鎖定了莉梵，因為紅髮女巫嗎？

莉梵的確是有著一頭紅髮，但為了避免麻煩早已掩蓋在兜帽下。

這其中一定有某些原因，才會讓城內的人們對他們投來如此異樣、敵意的眼光。

「還好嗎？」莫寧不敢放鬆姿態。

但如果這時做出吸引注意的大動作，難免會為莉梵帶來更大的壓力，吸引來更多不善的目光，他只有刻意維持如往常一樣的輕鬆姿態。

「啊！說好也不對，大概是不大好呢……」莉梵樂呵呵地傻笑著。

為了讓莫寧稍微放心，她硬裝出一副沒事的模樣，可，她臉上斂去的笑容早已失去了率真，莫寧一看便知。

畢竟，一同旅行也有點默契了。

更何況，在這近乎無法自由呼吸的凝重氛圍下，兩人的立足點彷彿逐漸消失一樣，就連莫寧也開始無法忍受週遭逼近的厭惡感，想逃離四面高聳的柱子圍繞的建築。心念一動，莫寧想起夏依所說的那座鐘樓，想都沒想，便拉住莉梵的手往回走。

「啊……啊？怎麼了呢？」莉梵詫異地瞠圓了眼。

「去後面的鐘樓！妳待在這裡感到不大舒服吧？」腳步不停，莫寧以身軀

為她隔開四周的人潮與惡意的目光。

他的背影，在莉梵眼裡陡然顯得異常寬廣，彷彿什麼都容得下。

就這樣直到兩人遠離了人潮，莫寧鬆開了手。

就在在脫離莫寧的掌心時，莉梵的手在半空中頓了一下，頃刻間，某些讓人無法理解的影像狂暴地侵入她腦內！

黑色的影子遮住一具屍體，屍體有著一頭紅髮，看不出來是女性或者男性。

而就在它旁邊，卻清楚躺著一具男性的屍體。

他有著一頭銀髮，而且莉梵覺得他好熟悉，偏偏卻又說不上來那臉孔到底是誰？

凱特妮，對不起！我不該殺人……

為什麼會從屍體上看到妳的影子？為什麼？

黑影呢喃，像塊黑布般柔軟地扭動。

酸澀的感覺便從眼角溢出，莉梵忍不住揉揉眼睛，眼角溢出淚滴。

剛剛在腦海閃過的畫面，有著無法理解的悲傷，那好像快把心給掏出來般的苦吟，讓莉梵承受不住那樣的情緒，眼淚便不由自主流下。

「眼睛怎麼了？」莫寧回過頭，關切地望她。

「……你的斗篷很髒。」隨便胡謅了個理由，莉梵用手指擦掉淚滴。

那是預言，但莉梵並不想說。

過度依賴莫寧，說穿了對她而言並不是好事。

「走吧。」莫寧回頭叮囑著，沒再深究。

莉梵微鬆了口氣，趕緊從腦海中的畫面消去。

此時，兩人剛好也走到了鐘樓門口。

莫寧也不看一眼，便一腳踏了進去。

鐘樓內，給人的感覺並不同，沿著中央巨大的墩柱，裡頭是攀爬在牆邊的階梯，一階階的台階形成了螺旋狀階梯。

而由於鐘樓是方壁的設計，所以一遇到轉角，台階就明顯地變大。

「沒人的感覺真好呢！」莉梵大大鬆了口氣，神色總算稍微有點安心了。

「別馬上放鬆了。」莫寧不得不轉過頭，邊走邊叮嚀著。

就這樣兩人踏著相同節奏的步伐，在有些年代的鐘樓裡走著。

牆上有許多石磚的間隙，經過時間的推移後變得深邃許多，壁面粗糙，指腹撫摸過的感覺像腐舊的木桌凸起不平。

空氣瀰漫著一股陳舊的腐味，微塵搔在鼻頭上的感覺令人討厭。

莫寧往下看，階梯上刻著密麻的文字，少部分因塵埃佈於上頭而模糊，裡頭的光照也不足，導致上頭的內容無法看清。

莫寧只管持續地走。

沒一會兒，兩人已到了鐘樓頂層。

巨大的銅鐘像垂下的果實，古銅色的表面如蘋果亮眼的外皮，晨輝在表面緩慢攀爬，中央有像種子的擺錘，巨大到也許要好幾位壯漢來敲動吧！

莫寧轉眼在四周繞著，勘查完狹窄的頂層後便找了個位子蹲下。

他伸手摸了地面，發現地面依然佈著灰塵，大概有三層樓高，而且似乎沒有人清掃過，導致灰塵積了像草地般厚厚一層。

「這裡多久沒人來了？」莫寧不由開始懷疑夏依的建議，抱著警戒心，讓精神與肉體進入備戰狀態。

鑲在眼前高空的日月，雙雙隔著藍天互相觀望，不侵犯各自的領域。

日光令莉梵下意識舉手遮掩，試圖從指縫間找到最佳的視點，赫然——

「你看，金髮比較好看吧？」女人把自己的那頭紅髮瞬間變為金帶般的金髮，解開髮帶。

那刺眼到讓人無法睜開眼的金色，就像詛咒、命運般無法擺脫的枷鎖。

「……我不喜歡金髮。妳的那頭金髮雖然美麗，但依舊比不上最美麗的鮮豔紅髮。」

男人覺得惋惜。

那像是用血染上的獨特顏色，有著讓人無法移開目光的沉迷，讓他不由自主地睜開眼。

「又來了……」莉梵微瞇起眼睛，光圈逐漸在她眼裡暈開，反而弄得她的眼睛一睜一闔。

這次不是預知，而是觀看了過去，那模糊的畫面代表已過了許久，讓這段寄居在鐘樓的記憶，已不再如剛記起時清晰。

「怕光嗎？」見她屢次想移開手掌卻又縮回臉上，莫寧忍不住皺眉。

莉梵與其說是人類，倒不如說是披著人皮的貓科動物，那極為敏感的眼睛，的確是有點麻煩……但他也實在想不到什麼好方法。

畢竟，以他的眼睛能看見的距離有限，得借助莉梵那雙銳利貓眼才能一窺遠方。

「莫寧，你看的到嗎？」再次將腦海中的畫面刪去，莉梵邊揉著眼睛邊笑著問。

「看不到。」莫寧淡淡說道。

他的眼睛接受度並沒有莉梵高，遠了幾公尺外，人的面容便會模糊。

「那麼，這位先生，你到這來要做什麼呢？」莉梵俏皮地眨眨眼睛。

「沒什麼，如果能掌握情況的話，或許能知道今日到底發生了什麼。我對他們口中的忌諱之季挺感興趣的。讓我借用妳的眼睛吧。」

莉梵不以為意地伸伸懶腰，無形的風輕輕地掀起她的兜帽，飄舞的紅髮，像舞者優美地擺動。

髮香隨風飄至莫寧的鼻裡。

那香味也許是跟她從小的教養有關，又或者是女人天生的體香吧……他雖已習慣，但還是不知道怎麼抗拒。

「來吧，用我的背擋光。」深吸了口氣，莫寧持續警戒，左腳跪著，放低姿態蹲在莉梵的腳邊，然後向莉梵拍拍自己的肩膀，示意她過來。

莉梵沒有拒絕，用喉音嬌嫩地答了一聲，緩緩地走到莫寧後方蹲下，讓自己的臉頰靠在他的左肩上。

斗篷上還沾著些許麥粉，但她並不在意。

莫寧溫暖的呼吸傳送到她的心中，平穩的呼吸節奏讓她安心，一靠上去便

忘了原先繃緊的神經，甚至感到一股睡意隨著放鬆湧至全身。

她很想故意往脖子上吹氣，但這樣實在太過狡猾而且有點逾矩……

「可以看得到了。」想了想便作罷後，她瞇起眼專注地觀望人群。

「先看看人群的舉動，觀察其中的人有沒有異樣？」

「比剛才看到的人數還多了好幾倍……」

原本看到的人群只是一角，眼下連綿的人群擠滿整條路，隔了棟三層房屋的另一條街也是一樣！

所有路都交會於同一點，在那匯集處似乎有著什麼……

「可能差不多要開始了吧！他們口中的忌諱之季……」莫寧沒有轉過頭，腦中迴盪著這個名詞，不由皺眉。

「令人討厭呢！像是一群螞蟻……」莉梵眨巴著眼，藉著眼皮的張合，避免多餘的日光侵入，免得又使眼睛酸澀。

「像是狂熱的教徒聚會。」莫寧推測，又問：「人群沒有前進？」

「是啊，似乎都停著。」

「妳能仔細地查看一遍中心處嗎？」莉梵動了動下巴，表示同意，然後，把目光集中在中央。

看起來像個廣場，地面與一般灰色的石地不大相同，似乎經過琢磨後變得光亮，閃著波光的尖石碑矗立在水中，圓環噴泉持續地噴出像瀑布的水柱，阻擋了莉梵的視線。

人們似乎自動避開那裡，形成了一個圓。

「有一座尖石碑，上頭好像有人……」莉梵微微轉動下額，從水柱間的縫隙看去，「不，她是嵌在尖石碑上的，那是石像！尖石碑上的是一尊女性石像……」

那石像真實如人類，臉部的苦痛表情像在低吟著，雙手也像被釘在空氣中，身體的曲線自然，不管從哪一方面推斷，都像是被潑上一層泥土而直立於上頭的女性，但……那尊石是搬到現代的歷史證據嗎？又是過去的某個情景再現嗎？

為什麼她的內心如此不安？

由於雕刻精細，活生生的反應也都表現完盡，但莉梵什麼也說不出來，只是內心湧入複雜的情緒，交融在一起的奇妙感只傳遞出痛苦，如同她以前被禁錮在家中的痛苦。

那雕像定住的表情像在對著莉梵訴說著痛苦，帶給她真實的震撼感。

「女性石像？」莫寧皺起眉，他想不出石像與忌諱之季的關聯，但全城的人聚集在這周圍的話，肯定是尊重要的雕像。

莫寧思考了一會兒，便轉開了話題：「這裡，是皮斯伯爵的城市吧？」

「是啊。」

「皮斯伯爵人怎麼樣？」

「很和善、很有威嚴的一位長輩，做事很講理。」莉梵懶洋洋地打了個呵欠後，轉換成坐姿，側躺在穩健的身軀上，直接拿莫寧的背當作床，「我跟他見過面，皮斯叔叔是個很能控制自己的人，懂得在各種場合轉換態勢。」

她的聲音聽起來有些彆扭，沉悶的語調更在尾語表現出來，彰顯了她多麼相信皮斯伯爵這位人物。

「那妳以前來過芬徹嗎？」莫寧再問，如果來過了，有這樣的反應也較正常。

「小時候有，那也是我唯一出外的一次……」莉梵依稀記得小時候有來過，但已經忘了詳細的過程。

莫寧微皺著眉，又陷入了沉思。

這時，廣場上各色的斗篷開始移動著，廣場周邊開始騷動，正東方的那條石路上，人群逐漸往左右散開，似乎正為了某物前來而讓路。

「車隊……慢慢駛入廣場了，隊伍中間有輛馬車。」莉梵微瞇著眼睛說道。

朦朧的光暈中走出約二十列的近衛隊，隊伍中央，一輛漆黑的馬車緩緩行進。

人群自動地散出一條路，然後把右手擺在左胸上，對著車隊表示敬意，動作一致，就像是被強迫地行禮。

車隊的前頭駛入了廣場，每列的近衛隊分成兩頭各往左右散去，然後，繞著人群外圍慢慢地排成個圓。

噴泉的水柱又再度湧出，馬車停在剛才進廣場的那條路口前，打開側門。

「是……皮斯叔叔。」像看到失聯已久的老朋友般，莉梵興奮的聲音頓時從喉頭湧上，隨後，又被緊閉的雙唇封住出口。

「妳是說那群人之中有威爾溫．皮斯伯爵嗎？」忌諱之季由皮斯伯爵主持，是嗎？

「嗯，就是那位站在近衛隊旁的黑衣男人。」她安頓下躁動的內心，然後整理好思緒。

記憶中的男人，有著高聳而纖瘦的身材，銀髮擋住眼睛，中分髮段長至耳垂。

側臉可以看出顴骨明顯，且臉上經過風霜覆蓋浮出不少皺紋，但，他的容貌還殘存著壯年的蠻幹與熱情。

這人的外表，相當有貴族的標準。

廣場中除了男人之外，全都穿了近衛隊的服裝，唯獨這男人衣服的顏色跟其他近衛隊員相反，長黑衣的設計反倒像長袍。

此外，莉梵注意到那群人之中最矮的一個，只有他穿著全白無家徽的衣服，似乎正喃喃唸著什麼。

須臾，伯爵對著那人舉起手臂，往自己的左肩關節處輕點，再迅速平移至右肩關節處，而後恭敬地低頭示意。

莉梵微瞇著眼睛，勉強可判斷出伯爵說了句話，跟著，掀開對方蓋住頭部的白色兜帽。

那是個有著一頭鮮紅長髮的女人。

莉梵無法更進一步地看到整張臉孔，只是用備感疲勞的眼睛嘗試著。

「不用勉強。」感覺她的下巴一直在他的肩膀上磨蹭，莫寧開口說道。

他知道，莉梵一直用眼睛觀察離這有幾十公尺遠的地方，早就累積了負擔，雖然那雙眼不同於一般人，但，還是有所謂的疲勞的極限。

「好的。」莉梵微吁了口氣，靠著莫寧微瞇起眼睛。

她的目光，依舊注視著廣場上的動靜。

此時，近衛隊正對著噴泉，中央剛好讓出了前往噴泉前的路。

那紅髮女人緊握雙手，然後，從衛兵間走近噴泉的尖石碑。

她的步伐，彷彿每一步都在細嚼著愁思，每一步都在石地上留下隱形的足跡，還有無形的委屈，莉梵即使身在遠處，卻還是能感受得到那每步像在荊棘上走著，折騰著的痛苦。

她彷彿有種錯覺，此時自己的身體與那女人有某種連結。

「對了，如果忌諱之季是如此重要，為什麼我們還能輕易地在這？」莉梵隨口問道，藉此緩和情緒，「照理來說，警備會變得森嚴呢！」

「剛才那位近衛隊長就是去加強警備吧！妳再繼續看下去。」莫寧淡淡說道。

莉梵動了動下巴，表示同意。

廣場上，那紅髮女人不在意自己的腳底沾上泥沙，也不在意刮傷，踩著堅

硬的石地，向那尊表露出痛苦的石像仰起頭，闔上雙手祈禱著。

「叔叔似乎有所動作了。」莉梵忽然說道，目光越發專注地看著。

只見皮斯伯爵再度行了方才的禮儀，臉上浮上一抹微笑，而後，敞開兩臂並轉身仰望著天空。

而他正前方的人們揭去了兜帽，拂開了長袍的下襬半跪在石地上。

此時廣場上無論男女，在風的監視下都跟著先行半跪的那批人一起跪著。他們不敢藏匿自己也不敢說話，靜靜地做著一連串的動作。

左腳在前，右手則放在心臟前，彷彿獻上自己的左心，用生命表示敬意，他們像詩人一樣朗誦著某種詩歌，低沉的嗓音一致，頌歌的朗讀乘上風，襲往全城的每個角落，在無人之處灌滿了生命力。

先前沉悶的氛圍不再，取而代之的是無數深刻的情感，傳達至莉梵與莫寧兩人耳中，拉入他們的意識，與人們一起遨遊於優美的文字中。

莫寧也忍不住放鬆了警戒，因而沒有感到後頭有著一股異樣的氣息。

至於莉梵，雖然感到曲調裡帶著一絲哀怨卻同樣覺得很舒服，因而，當急促的呼吸引起了她的注意時，她也沒有多想，任由那呼吸聲漸漸逼近，而就在這時，破布內冷不妨伸出一隻黑臂！

從銅鐘後探出的人影，執著一把匕首，俯低身子往莫寧身後的莉梵刺去！

等莫寧回過神來時，莉梵的左肩已被撕開一道傷口，衣物也刺破了！

「喂！沒事吧？」他迅速轉過身擋在莉梵的前方，同時把斗篷從脖子上解下，蓋住了莉梵的左肩，「先壓住傷口。」

「啊……」莉梵答不出話。

她雖然沒有受到很大的驚嚇，卻被莫寧的眼神給嚇著了。

這樣的眼神，她還是第一次見到。

兩手的拳頭握得緊實，莫寧為自己的疏失感到憤怒！

對方仍靜止不動，前一瞬間突然發動的奇襲像是影子攻擊毫無防備的主人。

他看不清對方的臉龐，只看到臉部正在浮動，似乎，是穿著破舊的長袍來遮蓋長相與身形，唯一能知道的只有高挑的身高。

他是誰？莫寧想到他認識的兩位舊識又立刻否決掉這個猜測，不！不可能！絕對不會是他們的。

莫寧站穩腳步，讓長靴摩擦石地摩擦出聲音，揚起的砂塵，尾隨左手快速地解開腰間第二鞘套，他用小指勾住尾端的圓環，挑至半空輕鬆接下。

與對方保持距離，正觀察是否有能夠攻入的空隙，等待時機來臨。

但等待只是拖長對峙的時間，以莫寧所學的戰術與技巧，時間，正是能消弱他的無形利器。

製造攻入的時機，這是莫寧反制時間的作法。

他在地上刻意踏了一腳。黑影的身軀自然地往後退，也正在觀察著莫寧。

而這正中莫寧的下懷。

踏出的一腳製造了空檔，莫寧立刻蹲低，俯身奔前平揮一刀！

頃刻間，黑影的腹部被劃開了一條痕。

但，莫寧卻感覺不到有遞至神經的那股熟悉感。

他比誰都清楚「砍中」的意義，心知第一次攻擊撲了個空，只好再度拉開彼此的距離，不再主動製造空檔，移動的步伐往後挪移，匕首的刃身，正反射著黑影那深不見底的頭部。

黑影正在發著抖，像渴望著戰鬥又像為某些事物而悲傷的啜泣。

眼睛正捕捉著黑影的動作，周圍的凝結感開始對莫寧產生壓力，他深知雙方的距離越縮越短，對峙的時間越長，對自己只會越漸不利，終於選擇放棄被動觀察，彎過手肘準備投擲出匕首。

刃身撥開空氣，離開了他的手作為箭矢般地射出！

同時，黑影的動作有了轉變，反手拿著匕首，把它當作割稻的鐮刀，往匕首投擲而來的方向平切，揮中了匕尖，讓匕首往上彈飛！

這正中了莫寧的計謀。

他立刻拿出第三鞘套中的小刀，進行突刺——

突刺的速度跟莫寧的腳步同快，而黑影見狀早已做好抵擋的準備。

但莫寧只不過跑到一半，馬上又投擲出匕首，而此時，黑影的武器長度已無法精準地揮中它，只有將敞開的黑袍往前圍繞，撇開正面投擲而來的那第二把匕首！

但黑袍一收回，莫寧早已不在黑影的視線範圍。

只見匕首的尖端落地，清脆的聲響與莫寧的身影一同閃出，正好是在斜上方，黑影眼睛被長袍的兜帽沿邊所造成的盲點！

莫寧接下在空中旋轉落下的第一把匕首，同時，又再拿出第四鞘套中的匕首，阻斷了黑影那迎面而來的反擊。

飄忽不定的強風吸收了刀刃摩擦的聲音，作為幌子的第一把匕首下落，迅速從黑影的臉邊穿過！

黑影的反擊被靈巧地化解後，往旁邊躍了幾步平舉著匕首。

莫寧還是沒有砍中對方……不！的確有砍中！

只不過對方的反應能力不能小覷，就算真的削到了皮肉，但致命的每一擊卻被輕鬆地躲開，簡直是矯健的野兔在玩弄獵人。

兩把匕首擦撞之下響起清脆的顫動，兩方瞬間互相背對，莫寧在那一瞬間，腳跟立刻壓地後轉動了一小步，把右腳當作軸心轉動全身，利用離心力累積的力道劃出小刀！

黑衣人正面迎擊，力道誰也不遑多讓！

雙方對峙、僵持之時，莫寧的精神完全陷入了瘋狂，幾乎快要忘了已不再殺人的自我戒令。

他實在是過久沒有遇到如此好玩的對手了，而且顯然對方還保留了不少實力，因為他根本沒有認真地閃避攻擊，甚至不懼怕被節奏快速的戰鬥刻劃出無數傷口，直接咬住莫寧的刃身，並用手扳著自己的匕首架開！

長劍的扭纏技巧被黑影運用在短兵器上，著實讓莫寧驚訝，他已習慣的殺人本能告訴著他，他必須一擊斃命才有勝算！

霎時，彷彿已忘了先前得到的情報；忘了黑影的身體無法被砍傷，莫寧手

上的匕首跳過了思考，身體自動地往熟悉的軌跡揮去。

凌厲的眼神讓黑影定在原地，而就在一刀割斷對方咽喉的那瞬間，莫寧卻停住了動作！

他的手在半空中顫抖，咬住下唇的牙縫間流露出猶豫，還記得他上次殺人，是在梅墨利的時候，直至現今，這五把匕首再也沒有染上人類的血，而變成了獵捕野生動物掙旅行費的工具。

這一瞬間，他為是否要再度殺人而苦惱，混亂的腦海中，浮現出所有被他奪去生命的人的面孔，他不自覺閉上了眼，直到一股血腥味強硬地灌入鼻腔。

莫寧睜開眼，眼底浮出倒影，看到的是擋在兩人中間的莉梵！

猶豫的結果自然是被反咬，對方當然不會放過方才那一瞬大好的機會，於是，風力的匕首，在他困惑之時，直接刺進了代替他的莉梵的左肩！

莫寧為自己的愚昧感到羞恥，未經思考便掏出了第一鞘套中的匕首，直指黑影刺去！黑影的反應速度依舊飛快，雖然距離非常近，但他的頭部早已扭向一旁，匕首當下撲了個空，從他的兜帽側邊插破。

一擊僅僅劃破對方袍帽，割出的傷痕甚至不見血，但眼下莫寧並無餘力去追究。

「傷口給我看一下，可以嗎？」抓起落在一旁的斗篷壓住莉梵的肩膀，他的臉上浮現愧疚，已無法維持一貫的僵硬表情。

「我……還好……」莉梵點了點頭，顫抖的手緊揪著胸口，微微張合的雙眼看著莫寧，「快去……皮斯叔叔會被殺的。」

「是預言嗎？」莫寧臉色凝重。

莉梵點點頭，「再不去的話，叔叔真的會被殺……」

莫寧一言不發把她平放在地上，憂心地為她蓋好斗篷。

「你在擔心我是吧？不用擔心啦……」莉梵平躺在地上，身上傷口深度不深，但長度卻足以讓血流失的速度加快。

首次感受這樣的疼痛，還個是個十八歲的少女且是長期受監護的她喊痛都來不及了，卻還是冷靜地為別人思考、擔憂。

「抱歉。」莫寧緊握拳頭，眼中留下歉意，內心對殺戮重拾的狂熱轉為憤怒，讓她受傷，是莫寧絕對不允許的。

「莫寧……要加油喔！我的傷口很快就會癒合的……所以……請別擔心。」溫柔的囈語從莉梵口中流出，而後她便深沉地睡去了。

莫寧小心翼翼地替她攏好斗篷，起身奔下不久前走過的階梯，同時，他的

腦袋也沒有停止運作，持續地思考那黑影的攻擊動作、節奏以及招式。

他是誰？依對方靈活的動作加上擁有與自己相互交鋒的實力，他想不到有幾個。

換言之，如果對方的目標就如同莉梵所說是皮斯伯爵的話，那近衛隊可不一定能擋下。

眼下，大陸上已少了位領導人，這時可不能再缺少了伯爵，那只會讓莫寧想遠避的人達成目的！

所以就算沒有莉梵的要求，莫寧也會阻止那黑影得逞。

幾個呼吸間奔至人潮的後方，莫寧首先緩和自己的雙頰，慢慢地放鬆態勢，好讓自己看起來不致於太可疑。

此時，近衛隊踏在地上的堅硬聲響漸漸加大，有三位近衛隊員越過了人群，從跪地的人群縫隙中，架起警戒態勢，而就在他們背後，赫然出現一道分裂的影子，竄出、凸起的影子像從土裡冒出的地鼠，擺脫限制並塑造成人形，扭動著身軀，隨隊伍行進的步伐左右擺動著。

近衛隊毫無所覺，依然漫步走來。

莫寧緊盯著黑影與近衛隊。

伯爵還在遠處，但此時他已移步至那紅髮女人面前，跪於她的裙襬前，委身對她說了一些話。

而黑影已完全形成了人形，正仰頭瞧著正上方。

「他在看著什麼？」莫寧猜測著。

這時，那女人用動作回應了伯爵。

她再度敞開雙臂，與背後的尖石碑石像身影重疊，石像似乎借用了她的身體，把同樣的姿勢及神情複製到那女人的全身，待她姿勢一定，燒灼的火苗從石地上發芽，像是某種魔法，不，是地上有著發火粉。

莫寧發現，地面沿著圍繞雕像一圈的發火粉開始燒起。

忌諱之季還在進行，伯爵並沒有想停止的意願。

他並不知道自身與在場的人們已深陷危險中。

而近衛隊沒有察覺那道黑影的存在，卻似乎把莫寧當成可疑人士，然而，莫寧已沒有辦法再擠出時間多做解釋了！

他奔向近衛隊，在一陣抵擋外敵的吆喝聲中躲過他們迎面刺來的矛刃，迅速地執起匕首往左、右前方一揮，襲進了衛兵懷裡，使用短兵器的優勢迅速掠過他們！

頃刻間，近衛隊用長矛製造出的防守被破，只能向後退閃躲匕首。

不過三刀，莫寧便越過了攔堵的近衛隊群，揮擊的速度之快，使他們震懾不已。

這時，噴泉內的水柱開始增高，瞬間超過了尖石碑的高度，而那黑影，也已近在水幕之前了。

他就像塊破掉的布隨著強風到處流浪，縱身飛起，像燕子在低空自由滑行，但就在他越過最前排的人群時，卻被一只匕首給穿了過去。

那是莫寧咬住了拿在左手的匕首，迅速用右手擲出第五鞘套內的袖珍型匕首，其飛行的速度之快，明顯超越黑影。

黑影停下，落在最前排的人群前，同時也引來了更遠處的近衛隊。

那只匕首先穿過黑影，也穿過了水瀑讓伯爵還有女人警覺。

黑影生硬地轉頭，像是在瞪著莫寧，然後，又回過身去襲向攻來的近衛隊。

他的技巧，對於使用長兵器的近衛隊來說，是一大苦頭，在揮出一擊的同時，其輕巧的武器再加上擺幅小的動作，剛好是長兵器的缺點也是弱點。

第一位近衛隊員倒下，被刺中胸口的近衛隊員呻吟著，悔恨地抓著湧出血泉的心臟處。

「攔住那黑衣人！快點！」喧囂勾起人們的危機意識，紛紛抬起頭張望。

黑影再度飛起，憑著如布料般輕盈的身軀再度拉遠與莫寧的距離。

莫寧只能再加快速度直接衝入人群。

這時，他已奔到近衛隊的包圍線外，跨過地上幾具死狀淒凌的屍體，頸上的割痕直如木頭的紋路，乾淨俐落，大概是直接硬砍上去的，但血跡並沒有胡亂噴灑。莫寧不得不驚嘆於黑影迅速且精準的手法。

他的所有的動作彷彿都沒有經過思考，只在匕首接觸到頸子那瞬間，順暢地劃出鮮明的線條，簡直是以恨意灌入刀尖，幾近斷頭的殘殺，才能辦到不帶猶豫的割頸，進而製造出縱直的血痕。

伯爵還跪在地上，專注地保持行禮。

「伯爵，麻煩您快點離開。」伯爵身旁的一名近衛打斷祀歌，連聲催促著。

「到底怎麼回事？」伯爵聞聲便睜開了眼，斜眼睨向遠處正奔來的近衛隊，「近衛隊到底在做些什麼？隊長呢？」

冷靜而嚴肅的伯爵氣憤地站起身，臉孔似乎因怒氣而扭曲，「知道現在是什麼場合嗎？豈可能說停就停！要是沒有完成忌諱之季就沒有意義了，懂嗎？」

此時，火焰被撲滅而竄出的水蒸氣，其量可以看出火舌的猖獗與強度。

「是的。我知道！但是我們擋不住侵入者，保護您的安全是我們近衛隊的優先工作。」那名近衛隊員開始擔心起伯爵的安危，並且打從心底希望他能快點離開。

這時，外圍的莫寧拿出第四鞘套中的匕首，蹲下並使手臂往後拉弓，擲出了匕首他推測黑影會先排除阻礙自己的因素，然後，才去行使目的。

然而黑影撇過頭，只用深邃不見底的臉部瞧瞧了莫寧，便像恥笑般地回過頭繼續向前。

頃刻間，近衛隊紛紛倒地死亡，最終只剩下守在伯爵身邊力勸他離開的那名隊員，黑影的身體在各屍體上方來回穿梭，直往剩下的那位衝去。

「伯爵大人請後退，我來擋下。」近衛隊握緊了長矛，橫擺架式，咬緊牙準備獻上自己的命，與同袍們一同遊於血泊中。

伯爵才剛要出聲，就被直噴出的血泉給止住了嘴。

「伯、伯爵大人快走！請……快走……」留下囈語，剩下的那名近衛隊員便後仰倒下了。

伯爵被嚇得噤口，再也沒有反抗的餘力，而黑影絲毫沒有中斷攻擊的節

奏，殺器再度下揮，這次，卻被突來的撞擊擋住了。莫寧出奇不意地跑到了伯爵正前方。

黑影來不及蹲穩下盤，攻擊的力道便強如巨石般砸在刀刃上，無比沉重，但他的思緒依然清晰，下一擊，又比不久前交鋒的那幾刀都還來得沉重！

莫寧無法架開，只有在原地想駁回對方的力道。

黑影並沒有示弱，力道持續地保持，但似乎還保有思考的理性，幾個交手後賣了個空門，便趁機越過莫寧轉向湧泉飛躍而去。

莫寧連忙跟了上去，卻被水瀑給制止了腳步。

「請快點離開，這個人根本不是人類！」他朝水瀑內大喊，四散的水花把他的視線弄得模糊，只看見一道黑影在裡頭浮動。

「不行！忌諱之季一定要完成！」

伯爵的表情變得更加凝重，甚至糾在了一起，他已看出黑影的目標並不是他，只是排除一切阻礙的因素，目標是身處在水瀑中的那名紅髮女子。

莫寧聽聞，也顧不得伯爵的脾氣只好隨他而去了。

他目的已經達成，伯爵並無受傷，現在是他個人的興趣使然，他想知道黑影到底出於何種情緒進行殘酷的殺戮。

外圍的火圈被澆熄時產生的水蒸氣漸漸消散，此時，水瀑除了水滴落地產生的落地節奏，還伴隨著莫寧的腳步聲。

他試圖想丟出第一鞘套中的匕首，但，卻被水幕另一頭刺出的刀給擋住了。

「妳不是……」

「莫寧先生？黑影呢？」

長刃穿過了水瀑，溼漉漉的金髮跟著沾濕並搖蕩的褲裙穿過來，夏依．查爾斯汀的凶惡面容，出現在莫寧眼前。

看來，她慢了一步且錯過了黑影……莫寧微挑了下眉。

正要說話，冷不妨水瀑中一聲驚呼響起：「你是誰？喂……啊！」

紅髮女子的左肩被劃開，待莫寧與夏依穿越浮現紅色的水幕後，刀刃已經深刺進女子的心臟，噴出的血染在水幕上沖刷而下。

黑影停住了動作，身軀似乎正在顫抖著，戴著袍帽的頭部搖晃著。

莫寧知道任何攻擊都對他無效，就算現在用第一鞘套中的匕首攻擊也沒有效，對方可是處在殺了人後極度敏感的時刻。

夏依的面容頓時露出百種神情，她無法理解現在到底是何種情況，鬆開的手再度緊握劍柄，奔馳的腳步早已不聽使喚。

「停下，現在做什麼也沒用了。」莫寧伸出左臂，擋住了夏依。

夏依只能站在原地，擺出一副難解的表情並預防突來的攻擊。

她溼透的金髮還染上不少同袍的血，一臉悔恨，簡直無法原諒對方的行動。

而黑影好像在抱著女子痛哭，他把看不見臉龐的頭部深埋進女子胸懷，拔出匕首的創口湧出血並噴灑一地！

看起來就像在品嘗鮮美的酒液，享受帶給無比的刺激快感，看起來又好像不是那麼回事，從莫寧的視線看來，那黑影比什麼都來得孤寂……

「少年，你……」伯爵從後方穿越水瀑而來，弄得全身黑衣溼透，但他並不在意，連中分的頭髮也亂成旁分。

「實在很抱歉……來不及阻止。」夏依收起長劍，面對屍橫遍野的廣場說道。

黑影聽到了多餘的腳步聲，轉頭看了下伯爵，然後丟下女人的屍體，垂直躍起，在空中繞了一圈後才消失在視線內。

「伯爵，人民大致上開始疏散了。這……該如何處置？」夏依雖然看起來年輕，但還是照著規矩來。

她盯著莫寧腰上的腰帶，對進入城市的人戴有私人武器感到懷疑。當然，

夏依先是瞪了莫寧一眼，抱持著敵意，然後轉向伯爵問道。

「算了，我並不想在這尖石碑前大聲斥責，有新的情報就用教宗詔書讓我知道。喔，對了，封鎖一切消息，把廣場清理回平常的狀態，不能讓城內陷入恐慌，我們還搞不清楚對方是誰。」

伯爵說著，走向那女人的屍體，同樣跪著然後行禮，便站起身來邊端詳著女人，邊向隨後趕來的近衛隊員說明。

夏依回覆冷靜，目光直盯著莫寧手上的匕首，「這位可疑人士並不是本地人吧？雖然是我讓他通關的，但是我得弄清楚他的身分。」

「不！不用了，先處理現在的事情要緊。這位少年就先留在這裡，而且他剛救了我……」

伯爵轉過頭，把視線凝聚在莫寧身上，「他一定有事要找我，對吧？」

這句話聽起來像在對著夏依說，但莫寧卻清楚收到伯爵傳來的苦悶，似乎正苦苦思考著什麼。

此時，近衛隊員舉著長矛穿越了水瀑。

他們一定沒有抓到黑影，而且連個邊都摸不著，只能看著黑影迅速消失在視線內。剛才的戰鬥中，已很清楚地表示兩方的實力差距，數十名近衛隊就如

同被駕馭的馬兒，沒有反抗的能力。

伯爵也沒有要離開現場的意思，繼續問道：「少年，想必你衝進來不是為了別的，而是為了阻止那黑影吧。」

他拍拍衣袖，然後發覺血開始流到他的腳邊，便移了幾步。

因鮮血實在豔紅得可以，莫寧在心裡暗自哀悼，才緩緩地用低沉的嗓子開口：「我們也被那黑影襲擊了。」

「你們？」伯爵的口氣回復平穩。

莫寧接著說道：「如果您要調查我，隨時都可以，但在那之前，我只希望您幫忙一件事。」

伯爵的樣子看來已非常狼狽，為了這場騷動，在進來水瀑之前就到處調動人力，尋找最佳的疏散途徑。

伯爵選擇了犧牲那紅髮女子的生命，先行疏離所有在場的人，這的確是相當明智的決定。

他不能理解，皺著眉看著他。

「我的旅行夥伴也被襲擊了，雖然傷得不嚴重，但我想您一定會想見到她

的。」

「是嗎？」他這番話說得伯爵也認識她似的，伯爵感到事情並沒有想像中簡單。

夏依的眼睛睜得大大的，一副不可置信的模樣。

莫寧知道她在擔心什麼。

「原來如此，所以你的旅行夥伴也遭受攻擊。」伯爵的眉頭舒展，瞪著莫寧問道。

兩名近衛隊員帶著幾名穿著素袍的男子進來，先是看了一下他們，並感到不是插嘴的時機，便與那幾位男子討論著什麼。

過沒多久，便往屍體鋪上一層黑布，然後抬起屍體離開。

待他們把輕盈的屍體抬了出去，莫寧才又開口：「雖然打擾到您，我也知道您必須處理後續。但我……」

莫寧從未請求過他人，他難得地低頭。「想請您幫助她。」

「好吧……您畢竟救了我一次。如果是我認識的人，那麼我理當給予協助。」伯爵的語氣沒有起伏，但似乎已冷靜了下來。

莫寧在說話的同時，伯爵也在腦中思考著事件的處理。

莫寧則在腦中考慮各種可能發生的情況。

如果照實回答，恐怕也不得不說出自己的來歷，就算得透露來歷，莫寧還是認為伯爵是可以信任的人。

他緩動唇，低語道：「莉梵・吉博里也被那奇怪的黑影襲擊了。」

第三幕　斷頭台

「凱特妮……」

黑斗篷中持續傳出一樣的名字。

黑影的聲音，像是在谷底繚繞的迴音，漸重漸強，聽起來是多麼地悲傷。

「夠了，請別再做這種事了。」

「閉嘴！我不能停下……我一定要找到紅髮女巫才行。」

黑影反覆嘶吼，倏然高舉起尖銳的匕首然後直直揮下！

紅色的血液，滋潤了乾燥的麥梗。

被殺害的是一名紅髮女人。她的左肩衣袖被劃開，倒在穀倉中的麥堆裡。

「這也不是……這也不是……」

黑影似乎很沮喪，手持滴著血的匕首漸漸遠離了女人。

然後，它的身影就像溶在黑暗中消失不見，什麼痕跡都沒有留下。

「這樣又有什麼意義呢？伯爵。」

「那稱呼真是好久沒聽見了。」

說話的人，有著一頭金髮，雖然語帶敬意卻想勸對方停手。

而聽的人當然不會妥協。

因為，他知道這人對他是絕對遵從的。

莫寧將身子倚在窗邊。

半圓的窗外，這座城市的建築奇景盡收入眼底。

外頭的街道，與不久前的第一印象有極大差別。

突然湧現的喧鬧人潮，讓早晨的芬徹街道看起來充滿了活力，好似逝去的夏天又再一次復返，把盤據現在的秋天給趕跑了，看起來，是多麼愉快又多麼地令人嚮往。

莫寧發覺，直至今天他才算看見了這城市的全貌。

他突然慶幸自己有來到這裡。

「嗯……」

微微的呻吟聲傳來，莫寧轉過頭，環著胸，看著躺在床上而睡得安穩的莉梵。

有底的床鋪上，角落的四根支柱經過雕刻後變得格外生動。

綁在柱上的鮮紅廉布彷彿是為她設計，豔如她那頭紅髮。床頂垂下的薄紗，輕撫過床內那張模糊的睡臉，使莫寧聯想到那載滿小麥的車上，那隻慵懶的貓。

當然，這隻貓不是別人，正是躺在床上的這位少女。

「呵……」莫寧不自覺地揚起嘴角，溫柔地笑了。

他從未在莉梵面前笑過，也許久未笑了。

從開始旅行到現在，他總不自覺地想遠離她，不想讓自己靠她太近，但到底在怕什麼？這連他自己都不太清楚。

他唯一知道的是，他並不希望莉梵知道自己的過去——那個沉重且使人絕望的人生。

晨曦爬過窗沿，撫過他的臉。

他隔著一層薄紗，望著躺在床上安穩睡眠的少女。

莉梵的臉龐小而修長，五官就算隔著一層薄紗，還是突顯出毫無缺點的美感。她沒有穿著衣服，僅用一層棉被覆蓋著姣好的身軀，安穩的呼吸隨著胸腔起伏，帶動著凸起的鎖骨上下浮動，右臂上，則綁著一條白布遮住印記。

而那頭有生氣的紅捲髮捲起，微捲的前額髮往兩旁散去，襯托出像人偶般精美的白亮額頭，

也許，在貴族的宅邸裡才是最能展現她美麗姿態的地方吧……嗅聞著空氣中不時傳來的少女香氣，莫寧想起她總是保持禮儀，掛著笑臉與他說話的模樣。

「因為我的疏失害你受了傷，這都歸咎於我的猶豫。」

明知她聽不到，他卻還是用著微小的音量在薄紗外頭低語：「我只是個殺人犯，沒有資格讓妳為我受傷。」

這或許是他有生以來最多話的一次了……

然而，即使再怎麼道歉也無法挽回她的父親，所以，他會背負那份罪惡的……儘管每次與她說話，都令他感到很痛苦。

對於莉梵的事情，他總在無意間深入其中，不去深究自己專注於其中的原因。

默默地注視著少女，莫寧走向了床。

他隔著那層薄紗往裡頭看，手不由自主地伸向前，想要撥開卻在碰觸到薄紗時停住，到底為什麼如此不希望她知道？

此時，莫寧的內心充滿矛盾。

昨天在廣場發生的殺戮，已過了一天了。

當時伯爵應要求，親自領著夏依與臨時湊來的醫士跟莫寧前往那座鐘樓。

但當他們走到樓頂時，躺在那兒的莉梵卻令伯爵的臉色驟變，愁眉深鎖，彷彿不敢相信眼前所見，迅速地命令醫療士只要查看傷口便可。

的。

那一瞬間，莫寧便知悉了一點——女巫印一但露出，後果是伯爵也無法想像的。

顯然，伯爵很清楚莉梵隱藏在右肩的祕密，但到底知道些什麼？

莫寧思考了一個晚上，依舊沒有答案。

「嗯……」彷彿感應到他混亂的思緒，床上的少女又低吟了一聲，薄紗起了騷動，突如其來的異樣，讓四周的溫度瞬間升高。

「怎麼回事？」周圍的灼熱讓莫寧警覺到不對勁，掀開紗簾。

情況果真如莫寧所想的那樣，莉梵身上披的白被開始冒出灰煙，雙頰發紅，就連露在被子外的雙肩也開始發紅。

「好痛……好熱……」

「到底怎麼了？莉梵。」莫寧一咬牙，掀開床被。

入眼先看見的是莉梵白皙的身體，然後他注意到這高溫的原因。

莉梵右肩的女巫印證正透過繃帶，在白繃帶上描繪出紋樣，跟著全身開始爬滿紅色的荊棘，像莫寧第一次遇見她時的情況！

該該怎麼做？

如果放任著不管，莉梵勢必會陷入自焚的狀態，但莫寧只能呆望著，無計

可施。

莉梵不斷呻吟著，咬著唇流出高溫難耐、聽上去極為痛苦的苦悶，失去焦點的雙眼，直視著天花板。

莫寧的話，已經傳不進她的耳中，她的皮膚開始浮起火焰般的紅紋，胸部如拱橋般彈起，手腳在空中揮擺，全身宛若中了陷阱的獵物般開始痙攣！

「抱歉了！」牙一咬，莫寧只能壓住身體阻擋她的失控。

那印記持續燒紅，荊棘延伸的速度變快且生命力更為增強，轉眼已經燒到了他的雙掌。莫寧沒有叫任何一聲，只是咬牙忍耐著。

這時，房間的門打開了。

「怎麼回事？」見莫寧壓著莉梵的肩膀，夏依連忙關上門奔上前，「女巫印怎麼會失控……」

「不知道！幫我壓住她。」莫寧咬牙低喊。

莉梵的情況越來越糟了，手腳的反抗越來越頻繁，臉孔猙獰甚至開始發出如怪物般的吶喊，再這樣下去，她的舌頭會承受不住壓力被咬斷……

夏依沒有猶豫，撲上前使盡全身力氣壓住了莉梵。

莫寧隨即離開她身上，先一步拉開莉梵的上、下唇，把自己的手掌當成棉

布塞了進去！齒間滲出血液，紅色的鮮血讓莉梵的動作紓緩下來。

莫寧微鬆了口氣，雖然手掌爬滿了痛覺，但他壓根兒沒在意自己。他一心只掛念著莉梵。如果放著不管，只怕她會再次上演自己第一次遇見她時的那場慘劇，而這次，恐怕會把自己也燒死。

夏依著實嚇了一跳，但又對莫寧及時處置的勇氣感到佩服。

但情況雖然得到控制，火焰卻還在爬升著，床鋪也已經出現了焦痕。眼看莉梵的意識根本還沒恢復，夏依果決地拿出腰配掛的那柄刀，用獨特的姿勢將劍壓在莉梵的雙峰上。

頃刻間，劍刃變成黑色並且在她的身體上蠕動……不！應該說是振動著。

莉梵輕微掙扎了幾下，失焦的雙瞳逐漸恢復澄清。

「好，意識開始回復了。」夏依微吁了口氣：「振動石原理沒想到能用上，果然，是女巫印的巫術力量失控。」

「什麼意思？」

「你應該知道振動石吧？稀有的礦物。」掃了莫寧一眼，夏依繼而又道：「其實，那也是女巫印力量的基底，說到底，就是巫術的根源。」

振動石，是空氣中的未解粒子所形成的特殊礦物，只要手持者想要利用，

他便會利用振動達到所想要的效果。這在大陸上已獲得許多應用，例如利用紅色振動石發火，或者是用黑色振動石製造煙霧效果。

但，這種石頭的出產地及形成原因一切未明。

「……怎麼了？」莉梵的意識恢復了，嘴內還咬著莫寧的手掌，話有點口齒不清。

待她發現莫寧的手掌被自己咬得流滿血液，急忙起身放開，「啊！對、對不起……這是怎麼回事？為什麼、為什麼我咬了莫寧的手掌？」

滿臉的紅褪了，取而代之的是眼淚，滲血的手掌雖然莫寧不在意，但看在莉梵眼裡，卻是痛到極點。

「對不起……」莉梵撫著莫寧的手掌，指尖顫抖著。

「沒有關係，妳沒事就好。」莫寧除了這句話，什麼也沒說。

猶豫了一會兒，他替她擦去眼淚然後擁入懷中，任她在胸膛間大哭，好好發洩剛才的不解所造成的愧疚。

但是這份愧疚比起莫寧的罪惡，實在是不足為提。

這讓莫寧想起些事情。

孩提時，他只是一個奴隸，生長在奴隸之城普羅亞的一名苦工，每天做著

揮灑血汗的粗工，與其他同為奴隸的居民互相取暖，也互相踐踏。

普羅亞的居民看似都擁有同樣的遭遇，但各自懷著自私的想法，寧可自己安穩，也不願為其他人辯解或者出頭。

因為多管閒事只會招來一頓罵，如果招惹到負責管理的衛兵，難免又會遭來一陣毒打。

莫寧的身上，就有無數個傷痕。

那些傷痕隨著時光穿梭而褪色，然而即使已過去了十多年，那原本赤紅的傷口依然像是永洗不淨的胎記，跟著他到了現在。

那種感覺，很類似莉梵的女巫印。

顫抖的右肩恢復了平靜，女巫印收回了肆虐的火燄。

莉梵依偎著莫寧，四周平靜得好像沒有發生過任何事情一樣。

「不好意思，請問是莫寧．哥德先生嗎？」

忽然門開了，踏在地毯上的腳步聲柔軟低沉，從門後傳來的聲音聽起來宏亮。

「管家先生，請記得敲門。」夏依從床邊急忙走出來，信手拉下紗簾。

她的臉色顯得十分不好看，神情，似乎正盤算著什麼。

「你是？」莫寧從床後探出身子。

「敝人還未向您介紹自己，實在是我的疏失，請您原諒。」那人眼中露出一絲歉意，恭敬地點頭，「我是皮斯伯爵宅邸的總管家，叫我菲爾庫就行了。」

菲爾庫有著一頭亮眼的金髮，在窗外偷溜進來的光線照射下，令人感到有點刺眼，兩耳附近的髮絲與皮膚像是合在一塊兒，旁分的瀏海看起來很清爽。

莫寧沒有應答。

即使這裡是伯爵位於芬徹的私人宅邸，他還是保持戒心確認每個人的身分。他並不想改掉這習慣。

在普羅亞所經歷過的一切，屢次鍛造著他那時幼小的心靈，使其成為受傷而成熟的心。

人總是自私地活著，這句話在莫寧心裡從未被推翻過。

「冒昧地打擾您了。」菲爾庫低著頭，十分恭謹地傳達：「威爾溫・皮斯伯爵請您過去他的書房，有些事想請教您。」

「管家先生，您也是來找我的吧？」夏依瞪著菲爾庫，像是早就知道會發生什麼事。

……預料到女巫印的狀況嗎？

以伯爵處理事務的能力，這似乎也沒什麼好驚訝的。

莫寧如此想著，雖然雙方僅說過幾句話，但不管是鐘樓上當機立斷的反應也好，還是城內向心力極強的人民，都可以看出他們的領導人具有非凡的能力，都能察覺伯爵對於人民及週遭的人，有著比誰都強的專注。

這點，倒是無庸置疑。

夏依掛好佩刀，率先步出了房間並往書房去。

她看起來臉色不大好，走之前還別有深意地看了兩人一眼。

莫寧看了眼正躲在懷裡的莉梵，緩緩地推開她，叮囑了幾句便隨菲庫爾離去。

他尾隨著菲爾庫，走在一條相當長的走廊。

從右邊一排的半圓形玻璃窗可以推斷，這是側廊，每隔幾公尺，地上綿延的黑地毯上便會浮現幾片不規則的光影。

那是從窗外灑進來的朝陽，穿過了滿佈塵埃的空氣，大方地流瀉在黑毯上。

莫寧實在很不喜歡礙眼的陽光。不管手怎麼揮，陽光總是有辦法立刻抹上他的臉頰，把他一早的好心情都給糟蹋了。

這並不是代表他不喜歡充滿朝氣的早晨，而是他討厭有東西時常礙著自己。

於是，久而久之變成了一種怪癖，每當陽光在臉上跳躍，就叫他無比心煩。

「不好意思，因為時間還過早，侍僕們都還未打擾宅邸內部，所以，正在漫飛的塵埃可能有點討人厭呢！」

見莫寧一直眨著眼睛，有時還在自己臉前揮手，在前方帶路的菲爾庫笑道：「不過您滿臉愁容……在擔心著受傷的莉梵小姐嗎？」

他的聲音聽起來有些稚氣，彷彿還未轉聲的小孩，但，端正的背部連動著下半身的步伐，找不到任何多餘的一分動作。

「其實這是我個人的關係，我討厭塵埃以及灰塵的那股味道。」莫寧隨口說道，避開了有關莉梵的問題。

不過，這讓菲爾庫偷笑了，「聽起來，是某一種偏執呢！」

「我也這麼認為。」莫寧淡淡地附和著菲爾庫的玩笑話，倏地停下了腳步。

「怎麼了呢？」菲爾庫沒有聽到後頭的腳步聲再起，轉頭查看。

「不……沒什麼，只是這幅畫，看起來有點突兀。」莫寧停在一扇落地窗前。

但，讓他停下的不是窗外的景色（莫寧自認也沒有這類閒情逸致），而是一幅掛在落地窗對面牆壁上的巨大油畫。

那幅畫由於被陽光照白了，顏色更加飽和、鮮豔，雖然走廊上還有其他的畫，但只有這一幅是特殊的。

莫寧不能否認這畫帶給他的微小脈動，雖然微弱卻直入心坎。

此外，莫寧還察覺到一件怪異的事。

「為什麼只有這幅畫是女性？」

乍看之下，這幅畫沒有什麼特別的，但畫中女子敞開雙手的姿勢，卻又讓莫寧想起昨日在廣場時，那被殺的紅髮女子的模樣。

莉梵所看見的，就是這樣吧……

「您喜歡這幅畫？」菲爾庫走近那幅畫，擺出訝異的表情。

「與其說是喜歡，倒不如說這幅畫有股魔力。」

「哈哈……走廊上的畫是歷代的皮斯伯爵。而這幅畫的確是特殊的，畫中的女士，是第一任伯爵夫人。」

菲爾庫止住了笑，繼而又問：「您覺得這幅畫怎麼樣？依照觀者的角度，所展現的內涵也會不同。」

他說得像這幅畫是自己的畫作般，極想知道莫寧的感覺。

「……總覺得這幅畫裡頭，蘊含著作者的心境歷程還有不少私人情感，如

果說是伯爵畫的，我倒也不覺得訝異了。」莫寧淡淡說道。

畫中的女人閉著雙眼，洋溢著幸福的笑容。

紅色的頭髮往四周飄散，像蜘蛛網一樣四處延伸，敞開雙手的身體更加自然，彷彿飄在半空中，享受著風所襲來的溫和，徜徉於碧藍如海洋的天空，全身的衣物都像雲朵浮了起來……

實在是像極了莉梵。

「伯爵大人說您是個成熟的青年，很有個人的想法與行動態度。」菲爾庫讚賞道：「而且自己的夥伴被襲擊竟能保持冷靜地追蹤犯人，令我也感到佩服。」

「並不像你說的那樣，我只是做我想做的事。」莫寧說著，不自覺摸上腰間插滿五個鞘套的匕首柄。

「這我可不知道了呢……」菲爾庫笑了，同時，瞄向莫寧腰間的那幾把武器，「不過，伯爵大人很謝謝您能把吉博里侯爵的千金救出來，距梅墨利被德莫格公爵的軍隊進攻已過了三個月，就算兩方簽約共同治理失地，但遲遲遍尋不著吉博里侯爵……伯爵很謝謝您能夠把小姐救出來呢！」

菲爾庫轉而抬頭望著畫中的女人，揚起燦爛的笑容。

但莫寧一點安心的感覺都沒有，反倒激起了波瀾，伯爵為莉梵尋回表達謝

意，卻渾然不知殺了侯爵的兇手，就是救了自己一命的青年，要是發現的話，他恐怕會以極刑處置吧！

「說起來，伯爵大人很喜愛小姐，吉博里小姐似乎也信任您呢！真是令人羨慕啊。」

菲爾庫的聲音有幾分雀躍，笑了笑又道：「似乎耽擱太久了，我繼續為您帶路吧。」

莫寧不加思索地點點頭，跟上他的腳步遠離了那幅巨大而壯麗的畫作。

他們一路走過了側廊，途中也不乏一些意境深遠的畫作，但卻彷彿少了一股無名的魔力，都遠沒有剛才那幅來得震撼。

直到一具高大的怪物，再度拉住了莫寧目光。

「莫寧先生？」菲爾庫回頭。

「這是……骸骨之鳥嗎？怎麼弄到的？」莫寧呆站在那怪物的面前。

那怪物沒有動靜。

牠站在圓形的基座上，全身由骨頭組成，只有腹部與頭部有著亮眼的紅珠，雙足毅然地站著，背部延展出兩支巨大的翅膀。

「莫寧先生果然連活的骸骨之鳥都見過嗎？」菲爾庫狀似十分訝異的低呼。

「不！我沒有……」莫寧搖了搖頭，坐落在長廊的耳堂間，頭部細長的骸骨之鳥張大長鳥喙，看起來像在對他示威……應該是具展示品吧！

「哈哈……我以為您見過呢！」菲庫爾說道：「這是在大陸上的無人地帶生存的怪物，傳說中的骸骨之鳥。據說牠以血為食，誰也不敢碰，不過，伯爵的宅邸內擺著這具其實是貨真價實的喔，只是已失去生命了，算是先代伯爵用來示威的展示品吧。」

頓了頓，菲庫爾指著幾公尺前的門向莫寧介紹：「到了，那兒就是伯爵大人的書房了。至於您討厭的灰塵，我會囑咐侍僕們打掃得更仔細的。」

「……麻煩您了。」莫寧淡淡回了句，重新整理了下思緒。

菲爾庫再度點頭示意，然後，站至門前往左右拉開了門扉。

門板與地上擦出的聲響有點擾人，尖銳的木屑像被削著的洋蔥，一點一點地被磨掉，然後，黏著在連綿至門口的黑地毯上，但，摩擦聲顯然在門板碰到地板時就消失了，讓莫寧不至於那麼討厭。

菲爾庫打開老舊並且精工雕飾過的門後，便站到一旁向莫寧使了個眼色，示意他可以進去了。

「菲爾庫，辛苦你了。」伯爵的聲音從門內傳出，「你跟裡頭的侍從一起

去做自己的事吧！我跟這位小夥子有些事想聊，不希望有人干擾。」

「是。」菲爾庫應了一聲，對在兩旁的女侍從使個眼神。

女侍從連忙退了出去。

擦身而過的那瞬間，莫寧聞到了很熟悉的味道……這是什麼味道？莫寧心念微動，像是不久前才聞到的。

關上的那刻，兩扇門板合攏的聲音似乎不大協調。

而莫寧似乎走進了狼窟，再平凡不過的聲音都成了詭異的跫音，昨日的遭遇，讓他對週遭的任何動靜都不得不嚴加注意。

「怎麼了？似乎有點不自然。」夏依托著臉頰坐在一旁的沙發上，故意嘲諷他。莫寧不為所動，還是保持著基本的警戒態勢，站在門口環視著整間房間，

伯爵則安然地坐在桌前。

他在桌上擺滿的書堆中挪出個空間，兩邊的書至少都疊了五本以上，其中夾了不少紙張，有的散在地上，有的露出半邊，隨著後方半開的落地窗所吹進的風振動，上頭密麻的黑字像在飛舞。

空氣中散漫著一股香味，類似桃木的清新芬芳。

莫寧很快地發覺到這是這間書房聚集而成的香味，淡淡的香氣揉合成濃醇

的古董味，聞起來有些發霉卻不會令人討厭。

所有的木製物，必定是用同一種木材製成的吧，想必其中混雜了書的味道。

莫寧如此想著，四周立滿書架的奇特佈置收入眼簾。

而伯爵則是兩手托著下巴，稍帶惡戲地看著他。

「別那麼緊張，你折騰了一夜也該休息一下吧？」伯爵淡笑說道。

「伯爵大人，談正事吧！時間緊迫呢。」夏依似乎有點嚴肅，眼神銳利。

「我早就在辦正事了。」伯爵直視著莫寧。

晨陽闖入了書房，照亮了伯爵臉龐的一角，莫寧這才看清楚，他臉上的黑圈比自己還要深，甚至比摸不著邊的漆黑還來得可怕，然而，伯爵一直都在觀察著他，審度著他的一舉一動。

他的每句話、每聲嘆息以及每個表情都盡收入伯爵的眼底。

威爾溫．皮斯伯爵不是可以輕忽的人。

即使，他現在表現得沒有昨天的威嚴。

「伯爵大人……還是讓我來說明吧？」夏依再度插口：「小姐也已經恢復平靜了。現在應該是待在房間內，稍微讓她冷靜也好。您也該去休息才是……」

在她看來除了時間緊迫外，更要緊的是讓請伯爵去休息片刻。

「的確是太早了。」伯爵無所謂地搖搖頭，另一手不自覺地摸著右腕袖口上的圖案，「不，我不能休息。」

那是個圓環中帶有五芒星，而在裡頭又鑲嵌著十字架的神祕圖案。

伯爵一邊撫著，一邊凝視著它，因疲勞而快閉上的眼頓時染上一抹陽光，輝映出些許元氣來，無神的瞳孔也變得明亮許多。

莫寧早已經知道了那圖案的意義。

在昨晚與伯爵的一小段交談中，他也稍微問了些問題。

「議會那裡怎麼說？」伯爵繼續說。

「在這裡說這些好嗎？」夏依站了起來，無奈地嘆了口氣，擺出一副想排除莫寧的臉。

「沒關係，繼續說。」伯爵連想都沒想立即斷然答道，似乎全然不介意多了個陌生人在場。

夏依當然沒得反駁，只能暗自抱怨了幾句便道：「議會希望伯爵到場作報告，而且，教宗廳那裡也同樣強烈要求。」

「……跟他們說，黑影事件我會解決。」伯爵揉了揉額角，又問：「那大陸會議又怎麼說呢？」

「大陸會議給我的答覆是沒有動靜，不知道那人會採取什麼行動。」夏依冷冷說道：「事件傳到他耳裡的速度應該很快，所以時間……」

「我以為他會趁亂做出些小動作來。」伯爵語帶保留，來回張望著莫寧與夏依一笑，「時間還來得及，不要太慌……喔，要喝紅茶嗎？」

伯爵笑了笑，走到一旁鋪著繡有家徽桌巾的茶几，很熟練地從旁邊的小瓷碗裡，抓取了一把茶葉，「泡一杯給你好了，我們兩人都需要提神，夏依妳要嗎？」

夏依面無表情地搖搖頭。

伯爵把茶葉放進了瓷茶壺中，注入熱水並控制著倒出熱水的速度。

茶葉在瓷壺裡浮動，香味自熱水沖下那一瞬間四溢，覆蓋住整屋的書香味。

「只加一點方糖可以嗎？」伯爵說著備好砂糖壺，一齊端來了擺在小碟上的紅茶，「雖然比不上菲爾庫，不過我泡的茶味道應該也還不錯。」

「麻煩了。」莫寧的眼神還沒鬆懈。

他沒有飲茶的習慣，平時幾乎靠得都是山上的溪流或者是平原旁的潺潺小溪，喝著維持最低限度生存的水。

但莉梵很喜歡喝茶，或者吃些甜點。

所以只要捕到森林中的小型野生動物，莫寧都會撕下牠的毛皮，到最近的城鎮賣點錢，除了掙點旅費外也可以滿足莉梵小小的慾望。

不過，莉梵不喜歡給莫寧惹麻煩。

有時候雖然心底期望，但卻裝作無所謂。

這一路旅行過來，莫寧總看得出她常常在強忍著。

「不，怎麼會呢？你可是客人。」伯爵一笑，指了指對坐的位置，「你先坐在對面那張椅子吧。」

莫寧略一思考，便依照伯爵的建議坐在原本伯爵的位子對面。

「伯爵大人……您為什麼不處置他？」斜對面站著的夏依，冷眼提醒：「他可帶著私人武器啊。」

「沒那種必要！」伯爵斷然答道：「剛剛女巫印失控了吧？如果沒有這位少年的話，恐怕那房間都要毀了。」

「那是靠這位的振動石，並不是我。」莫寧說著，淡淡地掃了夏依架在腰上的刀一眼。

「但是你徒手阻止了失控，真令我佩服！」伯爵自若地說道：「振動石能阻止失控是必然的，女巫印的力量源頭跟振動石相同，那就表示肯定做得到。」

意外平和的語氣彷彿展現對莫寧初步的信賴，讓忙了一整天的夏依有點生氣，冷不妨拔劍，劍身直指莫寧臉上刺去！

噹一聲輕響，斑駁了黑色之前卻被改變了行進軌跡。

「古老的劍術。」莫寧的匕首正在振動，而且變成了紅色。

傷到那黑影的那把匕首……夏依皺眉，右手手掌按住劍身，甩開莫寧的匕首。

「振動石……是誰給你的？」莫寧一瞬不瞬地望著夏依，語氣帶著質疑。

夏依冷著眼，橫刀再要發難。

「好了，都給我住手。」伯爵先一步攔阻，微瞄了夏依一眼，「夏依，他可是救了莉梵，別那麼嚴肅。」

聽聞勸阻，只是自衛的莫寧乾脆地收微氣焰，坐回原位。

但夏依可沒那麼容易接受了。

她身為行政事務官兼侍衛隊長的劍術，竟被一位才剛認識的陌生人看穿，顯得顏面盡失，氣憤地摔坐回原為下，帶得椅子往前移了一點。

莫寧逕自舉起杯，從杯緣啜了一口，登時感到有股暖流直衝入腦門。

秋天純淨的一縷香氣注入全身，令他他感到舒暢，因整晚沒休息而緊繃的

肌肉，也鬆弛了不少。

紅茶澀中帶點苦味，卻有著一定程度的甘甜，更重要的是那股餘香，就算茶流下肚，香氣卻仍在口腔內來回流竄。

「應該還可以吧？」伯爵也飲了一口，似乎對自己剛泡的茶自信滿滿。

「的確。」莫寧點點頭，舌尖彷彿記住了味道，在口腔中品嘗著味蕾的跳動。

「嗯，那就好。」伯爵放下茶杯，輕擺回小碟上問：「還記得我昨天說的嗎？」

「我記得。」莫寧也放下茶杯，擺著一點灰塵都不敢靠近的冷酷，盯著伯爵。

看著一片茶葉附著在杯緣，他的心也像葉子懸在水面上，無法不去在意伯爵與他約定之事。

「是啊。」伯爵繼續說道：「我對你有深度的信賴，但是我必須先釐清一件事。」

終於進入正題後，空氣彷彿一瞬間凝滯了，氣氛毫無和諧。

此刻，莫寧的處境像是被審問的犯人。

伯爵把莉梵帶了回來後，其實莫寧也早有覺悟。

身為米布奇大陸三領地中的一位領導人，以伯爵的能力，無論是真實身分與過往之事定能知道些端倪。

這是必然，莫寧不感到意外。

「我很感謝你在廣場上捨身出手，這點我無以回報，況且你找回了吉博里侯爵的千金，這更是無法言謝。」伯爵的語氣委婉了點，說話的方式像拐著彎，「我想慎重地向你道謝，卻又不知道該如何了解現在的你。」

「您到底想問我什麼？」莫寧也不想隱瞞，冷言直問。

「你知道的。」伯爵斂下目光。

「原因是你的腰帶，這你應該知道吧？」夏依終於又開口，看著莫寧腰間的眼神，簡直像捕捉獵物的獵人。

「能坐在我這位子上的人，都有著相當的觀察力。」頓了一頓，伯爵繼而又道：「你那一身投擲匕首的技術與格擋的姿勢，是德莫格公爵的路數。剛才那把振動石作成的匕首，也是他給你的吧？莫寧．哥德八成也是假名……如果不是的話，請恕我先道歉了，我不是把疑慮放在心裡的人，否則我根本管不

動整座城市，又何況是領地？」

「你查到了多少？」莫寧試探地回答，表情跟心情依舊平靜，沒有回答，就算被煩人的晨光擾上也不動一毫，只是靜靜地盯著對方。

既然伯爵已經猜測到他真實的身分，他也不想隱瞞。

事實上如果在這裡被逮捕，對他來說起碼比浪費口水解釋一番來得省力，然而，他若是繼續待在芬徹，結果只會更凌遲莉梵，讓她承受更久的痛苦。

身為兇手的他只要多待一天，日後知道真相時，莉梵的痛苦也會更加深。

「起碼到你是德莫格的下屬，其他正在調查。」伯爵淡淡說道。

「現在的立場，是我們在問你話，莫寧先生。」夏依面無表情地插口：「你在這之前的經歷，我並不想知道，但為他做事就等於是與伯爵為敵！我真搞不懂你這傢伙為什麼要來這裡，因為吉博里小姐嗎？還是正在策劃著什麼？」

「真是這樣的話，你們早就死了。」莫寧冷睨著夏依。

面對領地領導人竟能保持冷靜至這種地步，這傢伙可不好惹……夏依心想，壓在刀柄上的手不自覺加大了力道。

「所以，你已經不幫他做事了？」伯爵淡定望著莫寧，言詞間已篤定他曾為德莫格公爵所役使。

他假設莫寧如果已不為德莫格所用，至於如何脫離的？又曾經做過什麼？又為什麼要離開德莫格？這些答案都有待商榷。

但，伯爵也無意再多做揣測。

「當然，不然我不會出外旅行。」莫寧說道，他沒有意思與這兩位鬧得不和，在彼此談話間互相丟擲著言語的雙面刃。

「這回答倒是在我的意料之內，如果方便透露的話，能否告訴我原因？」伯爵並未因為對方是另一個領地領導者曾經的下屬，而用另一種角度去看待，反倒為莫寧的直率感到佩服。

「他追求和平理想的手段，已讓我無法接受。」莫寧想了一會兒緩緩說道，即使在伯爵天生帶著威儀的注目下，依舊沒有移開視線。

「曖昧的答案啊……但這是處於夾縫中的人會有的想法。」長吁了口氣，伯爵反問：「你認為完全的和平有可能實現嗎？」

「……無法實現的意思嗎？」莫寧低喃，堅定的目光透入了一絲迷茫。

「人不可能達到完全的互相理解，所以才會有衝突的存在，那正是我們身為人的證明。」頓了一頓，伯爵又道：「德莫格的信念太過理想，背後卻付出了極大的代價，在他看似趨近和平的理想下，不知道汲取了多少鮮血與悲傷，

吉博里侯爵就是一個例子。」

莫寧無語，掙扎中選擇逃避的人，正是伯爵所說的夾縫生存者。

而他，就是這種人。

「好吧，現在的重點不是在闡述我與德莫格之間的鴻溝……」瞅了莫寧一眼，伯爵笑了笑，「換個話題好了，你那件衣服要不要換一下？看上去有點髒了。」

被伯爵這麼一說，莫寧倒想起莉梵也說過類似的話，但……

「不用了。」他還是拒絕了，如果能換件衣服倒是個不錯的選擇，然而這件衣服對他而言，有極大的意義。

沾上泥塵的白衫爬滿斑駁的棕色，每道痕跡沾上了其獨特的故事。那是他歷練而來的象徵吧，每道刻痕都注入了莫寧認真活於世界上的執著。

「我想任何人看上去，都會覺得你該換一件衣服了。」伯爵笑彎了眼，逕自又道：「談話結束後，我再吩咐菲爾庫吧。宅邸內有很多隆重的禮服，我想，你穿起來會很好看的。」

手一拍，他斂起嘴角的笑容，「進入正題吧。」

本稍感放鬆的氣氛，又再度凝重起來。

莫寧不動如山，意念悄悄擴展到整間書房。

書房內只有三人，卻沒有任何人護衛伯爵。

他早已把近衛隊與侍僕都支開了嗎？

莫寧尋思著，顯然，伯爵剛才的言語都只是在試探他，如果他沒有冷靜應對，伯爵大概已命令近衛隊把他押走了。

但如果是要試探自己，卻不留任何底牌，實在不像坐在領導者位置該有的謹慎風範，為什麼？

他想不透，索性等對方開口。

「夏依。」

「好的。」夏依點點頭，轉向莫寧道：「讓你在此時遇到這種緊急事態，我們感到很抱歉。雖然我個人還無法完全信任你，但，伯爵與我希望你能完成這件事。」

莫寧不發一語，等著對方的下文。

「說白一點，我們想要交付於你一項任務。」

「什麼事？」莫寧面無表情地問道，這種拐彎抹角的談話讓他不由反感。

「請你一直待在莉梵小姐的身邊。」夏依說道。

「有必要嗎？」莫寧皺著眉頭反問。

「當然有！我們沒辦法老是靠振動石，而你似乎是能穩定她力量的因素。」夏依的姿態高雅，用睥睨身姿與輕佻語氣說道：「用你是否有義務完成這點來考慮吧。」莫寧一言不發，紅茶在口中醞釀幾秒然後滾進腹中。

「你知道她從未與人如此靠近嗎？」伯爵起身，往後頭的耳型陽台走去，「因為女巫印的關係，吉博里侯爵從不讓任何人近距離接觸她。所以，她也沒有朋友，除了吉博里夫人照顧她以外，她只能像個高塔中獨居的童話公主，等待著死亡的那刻。」

與昨天身穿的黑長袍相反，伯爵今天換成了身白色的長袍，袍角繡著家徽，袍身亢奮地揚起，抓住每道傳來朝氣的微風。

「我與她同年紀，所以能明白自由被加上了枷鎖是多麼殘忍。」夏依淡淡說道。

「以前為了壓制力量才隔離她，難得遇到能夠讓她完全信任的人，只能拜託你了。」伯爵背對著莫寧，揚起頭，「或許你們的相遇是女神們早安排好的吧？趁她現在因女巫印過分失控的副作用陷入睡眠，我得告訴你一些事實。」

伯爵的語氣中，莫寧聽得出他說的並不是玩笑話。

「這件事很重要，不是關係到莉梵也關係到你、我。」深吸了口氣，伯爵繼續說道：「你是怎麼知道我會被殺？因為她看見未來的畫面對吧？但你阻止了，換句話說，你以局外人的身分介入了這場風波，而且，也改變了既定的未來。」

莫寧也清楚伯爵的言下之意，並且推測他相當清楚女巫的事。

「生命之輪在今天就要開始了，那不只是個自然現象，事實上是引發女巫力量的原因。」仰頭望著著天空，伯爵緩緩說道：「女巫的覺醒是有時間上的規律的。」

「恕我一問，女巫真的存在嗎？」從伯爵的話中，莫寧推測，女巫印也許就是身為女巫的象徵，而就算心裡不大想承認有這回事，但廣場的事件又讓他更加確定，世界上真有如此不按常理的存在。

只不過，總覺得聽起來就像是童話故事。

「忌諱之季就是為了女巫存在的，所以女巫也應存在。」伯爵走回了室內，略頓了頓似乎正在想著如何說明，而後才慎重地開口：「在芬徹這裡，曾經有位女巫在一百多年前自焚而死，怕她死後報復的迷信導致了對女巫的排斥，第二任伯爵才舉辦了忌諱之季。」

莫寧想起在噴泉中央的那尊雕像，有如被綁在尖石碑上的殘酷，連藝術品都帶有迷信色彩嗎？

「但這只是表面，實際上舉辦忌諱之季的原因並不是如此。」伯爵略一沉吟，正色道：「如果可以的話，我會把一切都告訴你，包含了你可能會想知道的事情，但我現在只能告訴你這麼多。」

「如果你不相信女巫的話就不會救她了，你在隱瞞著什麼？」夏依單刀直入地詰問：「你在試探我們，對吧？」

不愧是芬徹的近衛隊長，在言語間找到各自的漏洞，抓住了莫寧所問的盲點。

因為要是懷疑女巫的存在，照理來說也會懼怕她的神祕性，但，莫寧卻從未提起對莉梵的觀感，那，也就代表著莫寧早就遇過女巫吧……

「我在德莫格那裡，見過一位黑頭髮的女巫。」被拆穿後，莫寧也只好供出全盤。

他在德莫格手下訓練、執行任務，大概是十一年前開始的，但早在這之前，那名女巫似乎就已住在德莫格的私宅中。

那亮麗直順的黑髮、嫻靜的姿態，他都無法揮出腦海。

更因為見識過她過人的力量，早已記住了那無法定義的奇異力量。
「你回答得很堅定呢！」伯爵微瞇起眼睛，凝視著他。
莫寧這才驚覺自己竟據實以答。
從頭到尾，這場對話的主導權就已掌握在另外兩人手中，伯爵與夏依一搭一唱，巧妙地運用莫寧的猜疑與細膩心思。
「女巫印的繼承根本摸不著頭緒，連吉博里自己也不知道，女兒怎麼會繼承了女巫印？」伯爵說道。
「這麼說起來，女巫在歷史上的存在有好幾位嗎？」莫寧追問。
「對，這個待她睡醒後再說明好了。」伯爵回頭望了下莫寧，目光又轉回陽台，「你認為需要告訴她嗎？因為這是無法回頭的真相，而我也被賦予保護這祕密的使命。」
僅有一瞬間，莫寧看到了伯爵毫不掩飾的憤怒，使他因失眠而鐵青的臉色又更糟了，近乎已走到關鍵的心態毫不保留地表現於面容。
「無法回頭是什麼意思？」莫寧大致上了解伯爵的意思，卻唯有這點不能理解。
「她或許會真正地變成女巫。」伯爵幽幽說道。

「難道……」莫寧很不想說出自己知道的，卻還是得問：「您……該不會有書？」

「你知道啊？那也省得我說明。」回身走下陽台，伯爵微瞇起眼睛逼近莫寧，「那是她這幾天與未來一定會面對的事。」

莫寧不懂他的意思。

前面述說的至少還有個根據，但所謂「這幾天將面對的事」又是什麼？

不等他發問，夏依搶先開口：「伯爵難道有眾影書了？」

「原來，那本書叫眾影書啊……」莫寧打斷了對方，然後低頭陷入了思考。

伯爵知道莫寧想要問些什麼，卻並沒有繼續說下去，逕自地看著外頭，觀察著城市內每個人的一舉一動。

「伯爵……」

「遲早，我們都得面臨一場再度來臨的戰爭。」斷然打斷他的話，伯爵的語氣變了，變得節奏序亂，聲音甚至聽起來有點刺耳，「你也無法脫身，因為你已經改變了我將死的未來，早就加入了這場巫術戰爭。」

他轉身面對莫寧，「但這也是莉梵的命運，女巫印帶給她的宿命。」

他著眼前的少年，伯爵好像用盡一切力量想把對方用眼神制伏。

看不到那放在腰後，長袍的衣袖遮蔽下被握緊、直冒青筋的拳頭，莫寧對眼前這位當權者的激動，沉默以對。

他知道此話一出，必然是戳中了伯爵心底深藏的祕密，他有預感，不管是皮斯還是德莫格，這兩位擁有爵位的人一定都知道些足以改變大陸局勢的祕密，而那一定與女巫有關，也不能排除與昨天的事件無關。

「你確實是個很有趣的少年，與你的外表實在不大相符，很難想像你有如此成熟的心智。」放開在後頭握緊的拳，好讓自己的心情稍微放鬆，伯爵又轉望陽台外，「雖然看起來是個冷酷及睿智於一身的斯文，但卻有廣大狂妄的胸襟啊。」

「我對於你這番讚美該回應些什麼嗎？」對這番不知是讚美還是故意反諷，莫寧淡然以對。

「不需要！這是你自己的評斷，我無權干涉。」

答案只有自己知道。

而想要在這場風波中立足，就必須選擇立足點。

「我必須告訴你最後一件事。」語氣顯得壓抑，伯爵抓著自己的左胸深吸了口氣道：「今天的月會直接轉變成新月。」

「傳說，在芬徹過百年就會發生一次的八日之月週期嗎？」莫寧追問。

眼看他已逐漸步入問題的核心，談話已接近尾聲，夏依也沒什麼話好說，兀自起身準備離開。

「當然，今天就是生命之輪的第一天。」伯爵微微地轉身，注視著莫寧，「彷彿是女神們安排過，全世界都一樣排斥著女巫，真的是所謂的女巫驅逐日啊！」

「更巧合的是，我又在此時把莉梵帶到了這裡，然後，碰上了忌諱之季與生命之輪。」莫寧說道。

他親眼看證過女巫之力，所以，相信這番言論。

「對的。」伯爵的臉色溫和了不少，笑著說道：「今天就到這裡為止。我想你們在旅行的時候，從沒吃頓美味的早餐吧？而且，看你的黑眼圈比我的還嚴重呢。」

然後，只見他緩緩地移動到陽台旁的長鏡前，把臉靠近鏡子。

夏依則是靜待伯爵說完想說的話，才開口：「你先回去吉博里小姐的房間吧。」

莫寧沒有回應，似乎不想浪費精力再說話。

「她相當依賴你……這點我看得出來，希望你能一直待在她身邊。」伯爵淡淡說道，腦袋左晃右晃地在鏡前轉動，似乎正在打理自己的門面，想辦法掩蓋掉那因擔憂而累積出的倦容。

莫寧站起身，想要回頭走出門外卻不自主停頓了一下。

「巫刻來臨前，你就好好休息吧。」伯爵淡淡地提醒道。

巫刻是大陸上的女巫傳說之一，所代表的便是子夜時分。

「我盡量。」莫寧領了對方的好意，拉開大門踏出門外。

「莫寧先生。」夏依追上他逐漸萎縮的背影，「剛才的話請別忘記，還有，我會一直監視你。」

「隨便妳吧。」莫寧面不表情地說道。

對他而言，有沒有遭到眼線監視根本沒什麼差別，他早已習慣了掃視在身上的異樣眼光。

但夏依不這麼想，她只是憑直覺判斷想要了解在這人身上帶著的謎團，就必須監視他的一舉一動，片刻也不能放鬆。

次日。次日。

「啊——莫寧先生。」

陽光漸強的長廊上，菲爾庫一看到莫寧便立刻迎上前，有朝氣地向他行禮，似乎已等候多時了。

「您好。」莫寧不為所動，冷酷地越過他。

「莫寧先生，伯爵其實早叫我準備得體的衣服了，您要不要挑看看？」菲庫爾亦步亦趨地跟上他，懷中的幾件衣服差點滑落至地上，他急忙拉回，深怕沾到地上的灰塵，「裡頭也有吉博里小姐的衣服。」

莫寧腳步一頓，轉過身，皺眉往他手裡那堆花樣紛亂的布料堆瞧。

「伯爵大人說房間內已有高跟的尖頭鞋，換裝可能要麻煩您了……」菲庫爾從衣堆旁探出頭，笑著說道：「我被吩咐只准送您進入房間。」

「好，謝謝你把衣服拿過來。」莫寧淡淡道了聲謝。

菲爾庫立刻露出開懷的笑容，然後，把懷裡那堆看起來十分名貴的衣服全塞到莫寧懷裡，接著，便以繼續去打掃宅邸為由先離開，留下拿著堆布料、傻站在原地的莫寧。

他只好摸摸鼻子自認倒楣，抱著大堆衣料正要往穿廊的盡頭走，冷不防，

一陣風過，一股在書房門口也曾聞到過的味道飄來。

「……什麼味道？」莫寧反射性地先嗅了嗅衣服，不是從衣服堆裡飄出的，這到底是什麼味道？

他總覺得這是重要的關鍵點，心中有股非得找出它的念頭，但偏偏聞不出個所以。然，就是想不起來。

無奈地把衣服擠到左胸後，吃力地用右手推開門把，一邊注意腳邊有無踩到散落出來的衣袖，一邊往裡頭那張床前進。

莫寧，你去哪了？

陡然感到心底有聲音溢出，心知莉梵是變回貓的型態，然後藉由心靈來跟他溝通，莫寧勉強地轉過頭看了看，可他左右張望，甚至捧起衣堆都沒看見那隻棕貓。

在這坪數難以跟書房比較的寢室，要找一隻活蹦亂跳的棕貓竟意外地困難。

「莉梵。」莫寧無奈地呼喊。

陡然，拿不穩的衣服像被風推了一把往他臉上砸去！

他毫無警覺地往後仰，一屁股跌落在地！

……一定是那隻貓做的！莫寧無奈地感慨，也不知道牠是哪來的力道，居

然像迎面撲來的野獸，張開大口想要咬掉他。

「不要鬧了……」他跌了個踉後，疲憊的身體頓時湧現積蓄已久的疼疼。關節齊奏不協調的音律，每根骨頭的接合處都在哀嚎著，連跌在地上時，臀部的血肉都像不存在似的，直讓莫寧感受到骨頭與地面接觸的不適感，稍微動動便感到全身生了鏽般。

幾件禮服飛散到兩旁，其中不乏較多白蕾絲的長裙又或者有薄紗邊的馬甲上衣，全都飄飄落了一地，有的甚至像棉被一樣蓋著莫寧。

而那隻棕貓卻跳到覆蓋於莫寧胸部的衣服上，然後左、右甩著毛茸茸的貓尾，自豪地在展示自己美麗柔順的棕毛，一雙圓鈴般的貓眼透澈。從貓身後面投射來幾道陽光，把貓眼照個明亮。

「不要煩我。」莫寧簡直無言以對。

他連爬起來的力氣也擠不出來了。

莫寧……怎麼了？

「我是認真的，不要靠近我……」

莫寧知道，自己的臉色肯定不好看，可只能期盼著棕貓能跳開，好讓他的手臂出力，並撐起身子。

偏偏棕貓摺過貓耳，把耳朵給堵住裝做沒有聽見，又不時歪著頭瞧著莫寧。

兩者對望一會兒，莫寧乾脆撇過頭連看都不想看牠。

對不起……

棕貓窩在莫寧胸口，甩著尾巴，不時舉起貓掌往他臉上搔去。

「讓我起來……」莫寧無奈地說道。

在廣場的事件中，曾經滿手髒汙與血腥突然又清晰起來，一直纏著莫寧，這也是他無法睡著的原因之一。

而對於莉梵的歉意，又讓莫寧不知道該解釋什麼……他的內心，並不是如外表看去堅韌，殺害莉梵父親的愧疚感如沼澤般無法自拔，只要越去想，就越讓自己將陷入被罪惡吞沒的沼澤。

所以，莫寧的確是刻意避開她的視線。

但，卻總無法從腦中拋開那嫻熟的倩影。

貓耳朵內摺，棕貓低著頭，終於乖乖地跳下莫寧的胸膛，身影瞬間拓展！

霎時，只見棕色的毛髮漸漸往內縮擠，逐漸露出光滑剔透的肌膚。

莉梵就這麼趴在旁邊，甩了甩臀部那尚未消失的尾巴，然後，連句話也沒說便起身往室內走去。

毫不知情的人，根本認為她只是個美麗的流亡貴族吧……但，莫寧撇見她右肩綁著白布的部位，從內心湧上的另一股罪惡感再度讓他更無地自容了。

「她最依靠的人是我嗎？」莫寧苦笑，不……他並沒有那資格。

他自私地想逃離漸漸逼來的罪惡，卻無意間又傷了莉梵的心。

他無奈地低著頭，手掌被咬過的痕跡燒著般紅亮。

「是不是我造成你的困擾呢……」手攬著窗沿，看著窗外的繁華景色，莉梵故作鎮定地把落在肩上的紅色髮絲撥開，勾至右耳。

「不……沒有。」莫寧躺在衣服堆裡，想這樣躺著算了。

與她旅行了三個月，時間不長也不短，但莫寧此時才有更深刻的理解，不管從身體散發出來的自然香味，還有比例完美的曲線跟臉龐，同為一個美麗女孩所擁有。這樣的她，應該作為一般女孩活著，不該伴隨著罪人與女巫印……

「我到底能不能幫上你的忙？」莉梵如嘆息般低語：「自從跟著你旅行後，我總覺得觸摸不到真正的你……真正的你，到底是什麼樣子的人呢？」

雖沒有直言，但莉梵根本不在意其他的因素，對她而言，擺脫了領地與父親的束縛，現在所擁有的自由比任何事物都彌足珍貴。

多年宿願，終於在她身後的少年身上得到了。

「沒有什麼真正的我，現在你所見到的就是了。」莫寧望向旁邊，起身撿起散落在地的禮服，刻意使自己的眼睛不看著莉梵。

「……為什麼不肯跟我說清楚？」

「不要想太多……」莫寧拿起最後一件掉在地上的紅色禮服。

那是件裙襬長至可以從手邊落下的全身禮服，襬底鑲著白色的蕾絲，腰身的部分相當窄，比起下半身及上半身，這件禮服能否穿得合適是取決於腰身的部分。

「拿去吧。」莫寧走向窗檯邊，把禮服遞給了莉梵。

莉梵的背部曲線很優美，穿上任何一種樣式的禮服肯定都很合適……如果，能壞她穿上這件禮服而高興點，他是否能減輕一些愧疚？

莉梵遲疑了一會兒，勉強笑著接過了禮服。

莫寧的視線依然避開她。

縮回貓尾，她從禮服上方套入兩腳，緩慢地將禮服拉至胸部，衣服的尺寸剛好，腰部似乎瘦了一些，而這或許是旅行之緣故吧。

肩膀的傷又是一陣抽痛，莉梵不著痕跡的咬咬牙忍耐。

昨日的事件，無疑在她和莫寧心中成為了芥蒂。

但，她的恢復能力遠比想像中來得好，一般人需要十幾天才能恢復的傷勢，在她身上只需不到一天便能恢復。這迅速的自我治癒，是女巫的能力。

不過，她想讓這傷口永遠存在。

這是她第一次幫上忙的證明。

那道黑影，明顯是針對她展開攻擊，而且，使用無法理解的方式逃離了現場後，又如她的預知出現在伯爵所處的廣場。

這不只是巧合，那黑影也絕非自然的存在！

能夠想到的可能性，只有與她同樣身為女巫的那位少女與德莫格公爵。

莉梵微擰著眉，發現莫寧正瞧著自己時，又露出微笑。

「如何？好看嗎？」她轉了轉圈，故意詢問莫寧的意見。

「我對衣服沒什麼概念。」莫寧淡淡地說道。

「這樣啊……」莉梵朝他扮了個鬼臉，對著穿衣鏡把連著禮服腋下的袖套，穿上手臂，然後整理胸部前的禮服邊緣，讓它維持水平。

平口的上緣，連著兩條肩帶。

她一看便知那是交叉頸帶，順手地各自繞上頸後打了個結，然後，在胸前形成了交會點，搭襯隱約能看見的胸部曲線，連著一圈直到袖子上緣的白色波

浪緞。

莫寧現在到底在想些什麼？她好想知道。

拉著裙襬，她狀似不經意地開口：「是不是皮斯叔叔跟你說了什麼？」

「沒有。」莫寧的反應很單調，似乎是敷衍她。

但莉梵很快發現，他並不是單純地敷衍。

「那到底怎麼了？」目光透過鏡子直視著少年的眼睛，她的神態褪去了嬌憨，「說話！為什麼不肯跟我說？莫寧……你在害怕，對吧？」

「太可笑了……我在害怕？」莫寧腳步一晃馬上又站穩了，但，卻無法掩飾自己疲累的身體與精神。

「對，你就是在害怕！害怕自己的內心；害怕週遭的所有人，你只想將一切攬於自身上，即便身邊有人想替你做些什麼，你還是對周圍孤立起一道牆，這就是我現在認識的莫寧。」莉梵一口氣說出了內心的想法。

因為她太過弱小，老是需要莫寧在一旁扶持，給她一個堅強的後盾當作依靠，可如果能為莫寧做些什麼，她都樂意去做，她真的，好想知道莫寧的痛苦與悲傷。

莫寧沒力氣反駁，也沒精神思考莉梵的用意，他的眼睛因怒氣而對上了莉

梵，可深層的疲累，讓他再也無法支撐著精神。

意識越來越沉，一時還搞不清楚狀況的他，只能任莉梵抓住他的手往床上坐下。

「不要再害怕了……休息一下吧。」莉梵仰起頭，接住往床上倒下的莫寧。

莫寧摸不著頭緒，無法看出她到底想要做什麼，只從她金黃色的眼瞳中看見了自己的倒影，看見了小時候的自己，生存在普羅亞那滿身傷的冷酷少年，而後，沉沉睡去。

「請不要再害怕了……那段過去已經被人遺忘。」莉梵的表情從溫柔轉為悲傷，利用眼睛讓莫寧陷入睡眠的力量，一直是她不想用的。

而此時，卻成為了慰藉。

「我是知道的……知道你的全部，可我並沒有恨你喔。」縮起身體抱著莫寧的頭，她手撫著莫寧的髮絲，觸摸著他脖子上任何一吋肌膚，「謝謝你帶我走出了梅墨利，帶我走出了牢籠，這麼想或許太自私了，但我必須這麼說，是你讓我獲得了自由。」

右肩仍隱隱作痛好像正被燒灼著，可望著那張拿下嚴肅面具顯得有些天真的睡臉，她卻滿心快慰，「只要有你就夠了……」

她不管所謂的世俗，只想追求自己想要的。

逃出牢籠前已受了傷與詛咒的鳥或許註定飛不遠，但只要能夠飛就好了。

「只有此刻，是我最後能知道真正的你的機會。我知道未來已經沒有多少了。」指尖撩過莫寧的髮，順著頭髮的線條輕輕繪過，莉梵努力地在腦海中畫下一幅永不褪色的記憶圖畫。

昨晚，她作了個夢。

在夢中，發疼的女巫印、生命之輪、被黑影襲擊的廣場祭典屢次閃現糾纏著，而今晚，也正巧是生命之輪的第一天。

她深知自己的時間不多，那句莫寧所不肯訴說的真相差點就要脫口而出了。

可她更深怕莫寧聽聞後又會為她操心。

這個在梅墨利救起她的恩人，對她尤如對待親人般那樣呵護至極，已做到超過情分之上了，她無法當作理所當然的付出。

「你的手一定很痛，對不起！」莉梵低下頭，臉紅了半邊不過卻有點高興，因為第一次讓自己的唇碰到了最愛的人。

繞在她耳後的髮絲因為頸子微傾，滑落至前，她輕聲耳語：「吶，你知道嗎？你的匕首強硬地刺中我的心，留下不能消褪的痕跡。」

風輕輕地掠過，在莫寧的臉頰上留下一陣髮香便悄悄地離去。

那吻輕柔。

莉梵終於達成了她小小的心願。

從房間的床上起來時，莫寧以為自己睡著了。

對於昨天的記憶蕩然無存，剩下少了些什麼的空虛。

而身旁穿著禮服的莉梵已罩上了斗篷，把那頭紅髮用帽兜藏了起來，精力十足地纏著莫寧，非要參觀芬徹這座城市。

原本為了不讓意料之外的狀況發生，伯爵與夏依採取了不讓莉梵出外的對策，畢竟對於擁有女巫印的莉梵而言，最需要的是靜養與沉靜的環境。

可她似乎有些異樣，讓莫寧無法不在意她的想法。

這趟出外，原來也在莫寧的計畫。

當然他並沒有意思帶上莉梵，但拗不過莉梵又不放心將她單獨留下，只有做了變更帶上她。

只是，伯爵並不放心讓他們單獨在城內遊覽，特令夏依護衛。

莫寧深知不過是藉口。

伯爵不可能完全相信一位剛打過照面的少年，況且，對方曾是競爭對手的下屬，派遣夏依擔任監視者是正確的決策。

不過他無意再旁生枝節，而且，多了位當地人帶路也是好事。

有別於前幾日，芬徹街上到處都是攤販。

富麗的建築物開始展現它們的光采，已沒有初見的沉悶。

「莫寧先生。」見莉梵的注意力被熱鬧地街景吸引，夏依冷淡地開口。

「妳還有什麼事嗎？」莫寧更是冷淡地回應。

昨日的談話應該都已說到重點，他懶得再說些什麼。

為了知道對方如何在這錯綜街道中穿梭來去，他以出外的藉口，作為實際調查的遮蔽，但總有意外。

跟在後方的累贅與監視者，一個放眼張望著另一個則直盯著莫寧的背，這股無法逃開的黏膩感，讓莫寧不是很高興。

「你認為讓小姐出門會有什麼幫助嗎？為什麼也答應了讓小姐出門？」夏依審度地望著他，態度強硬，「你把她看作什麼了？她的肩膀上可是有著女巫印。」

她還是穿著之前的那套裝束，作為護衛也好行動，綢緞般的金髮紮成了馬

尾，更添了份少女不該有的凜然。

「那只是妳的一廂情願。」莫寧不冷不熱地回道，目光專注地望著三步之遙的紅髮少女。

莉梵當然沒有聽到他們的談話，周圍攤販的叫賣聲與人群的交談聲，巧妙地蓋過了兩人的音量。

「你說什麼？這代表著你更了解她嗎？」夏依略帶嘲諷地說道：「啊！我可不這麼認為一位只不過曾救了貴族千金的流浪旅人，會理解其中的意味。」

那身斗篷容納了多少事情？

從知道莫寧的過往，知道他曾經是德莫格公爵的下屬，夏依便想起了父親的死法，她的父親喪生於普羅亞佔領戰中，找到屍體時，已被一群以振動石原理製造出的生物，啃得不成人形！

那或許那是巫術製造出的生物，夏依當時是這麼猜想的。

而既然莫寧曾是德莫格的下屬，那或許，他也知道自己的父親是被誰所殺的，甚至，搞不好就是這傢伙做的！

一想到此，夏依便無法不去探究這個人的底細。

或許，真相對誰都來得殘酷，尤其是對莉梵而言，可，活在看似美好的欺

瞞騙局中，更為可悲。

「我並沒有比較了解她。」莫寧停下腳步。

「那你是什麼意思？」夏依的語氣稍微變得僵硬了，「難道就這樣放任隨時可能失控的女巫印嗎？」

「我這種人，既沒有資格也沒辦法深入了解她的苦吧！可……」莫寧定定地看著夏依，「從妳在意女巫印的那刻開始，妳就不把她當人看了。從和妳與伯爵間的對談，已經稍微讓我確信妳對於女巫不抱任何好感。」

這話，讓夏依無法反駁。

從外表看來，莉梵的確是位貴族，可一但知道讓人忌諱的女巫印在她的身上，任誰都不會看她做一般人。

更何況，夏依對她的恭敬只不過是對於女巫的恐懼所表徵的。

莉梵已經越過人群，站在飄出派香的攤販前。

夏依的目光，順著莫寧的視線落到前方的紅髮少女上。

莉梵全然沒有注意到身後兩人的言語交鋒，逕自地看起攤販賣的食物。

攤販四周飄散著香味，似乎是剛從烤爐移出的派所發出的香氣。

莉梵似乎有點躊躇不前，左右四顧了幾眼，其中一個攤位上冒出熱氣的鍋

爐，看上去有好幾個凹槽，裡頭的炸粉糰正吱吱作響著。

金色的粉末與鮮豔的紅泡混合，外表破了個洞流出蘋果色的液體，這讓莉梵長久的食慾大開。

「蘋果派耶！」她歡呼奔向前。

「看起來是呢！」無話可說的夏依放棄了，向路過的幾位巡邏近衛隊打聲招呼後，便走到了莉梵身旁。

「莫寧。」莉梵回頭搜尋著莫寧的身影，貓瞳閃著晶亮的光芒。

莫寧默默走到她身邊。飄散出來的香味與水果香氣無法引起他的食慾，他只專注於這幾天所發生的異狀上。

「不好意思，請問……」莉梵湊近攤子前。

「啊！這位可愛的小姐，您想要吃蘋果派嗎？」攤販瞅了莉梵幾眼，手上不停地翻弄著鍋內正在酥炸的金派，「現在不是蘋果豐收的季節，芬徹附近的蘋果園都還沒採收，這些，都是從東方高山上採下運來的蘋果釀成的醬喔！所以，要吃到蘋果派可是要不少錢的。」

攤販老成地說著，撈起一塊並拿著竹罩瀝了油，還故意掰下一塊派皮，黃金色的派皮牽引著酥油滾騰，像是水珠般的紅色粒子浮於一層油膜上彈動，騰

出裡頭的熱氣，剛出爐的派誘人吮指。

「嗯、嗯……是用振動石升火的嗎？」莉梵好奇地眨著眼睛，想要找到這種石塊可不容易。

「是的，成本挺高的，畢竟這種礦物不是每個地方都有，我也是幸運地在路邊發現，說是幸運之石也不為過喔！」攤販嘿笑，「喔，對了，您要來一塊派嗎？」

「吶，買給我吧。」莉梵眼巴巴地望著莫寧，因興奮冒出的貓耳朵從帽兜內凸起，幸好她的貓耳算是褶耳，耳根較軟，並未顯露，對方也沒有發覺。

「多少錢？」

「奧格西銅幣七枚，這段時期要能賣到如此便宜算很難得了。」

莫寧順手從斗篷內的夾層翻出幾枚銅幣，買了兩份蘋果派塞給莉梵，卻沒有理會後頭正在監視的夏依。

「夏依小姐也要嗎？」莉梵轉過身，兩手捧著一袋派舉高晃了晃。

「不用了，我正在護衛中，讓別人看到並不好。」夏依面無表情地婉拒。

「真是辛苦妳了……」睞了莫寧一眼，莉梵吐了吐舌頭說道：「該說是我的任性還是莫寧的錯呢？真不該在這時候跑出來。」

「小姐……這算是我的疏失，如果您能早點說明，我會從外頭幫您帶回想要的食物。」夏依淡淡地說道。

感受到夏依的體貼，莉梵白皙的雙頰稍微紅潤的起來。對於一段時間未能受到寵愛的貴族女生而言，旁人的關愛，的確比任何事物都來得格外溫軟，好比是父親慈愛地摸自己的頭頂，那股溫暖能使人振作，也能在內心點燃一盞光。

咬著蘋果派，優雅地走在芬徹的下城區，莉梵臉上露出滿足的表情，腳步時而慢，時而快，沒多久，沒多久，兩塊蘋果派全入了她的小肚子。

「莫寧，不覺得……周圍開始變吵了嗎？」吃完了派，莉梵感到滿足的身體也回覆了平常的敏感。

「本來就挺吵了，不是嗎？」莫寧不動聲色地說道。

「不、不……是緊湊與高張的談話聲。」莉梵兩手在胸前來回揮舞，表達反駁。

夏依似乎也察覺到了異樣，皺著眉，手扶著刀鞘查看周圍。

不可能……為什麼察覺不到？

莫寧雙眼微沉，不由懷疑自己的感官。

此時，遠處的人群像蜂巢竄出的蜜蜂開始奔竄。
「莫寧先生，保護好小姐。」夏依說著，朝人潮來處奔去。
「喂——發生什麼事了？」莉梵焦慮地望著她的背影，
「待在原地。」莫寧交代莉梵，跟著夏依的方向跑去。
「什……莫寧！要去哪啊！」莫名被扔下的莉梵，不解地追喊。
穿越過無數攤位，也踢倒了不少裝著鮮魚蔬果的籃子，莫寧跟著騷動的方向越過黑巷。
現在的他，每根手指都在為預感發癢著，它們伸直又彎曲，像找到了獵物快無法忍受的飢渴獵食者，而這股渴望，就是對黑影那奇特身影的執念。
他穿梭在人肩中，跨過倒下的攤販棚頂上沾血的雞毛，然後開始往前方的轉彎處直奔。血跡停在剛才的棚底，代表血滴落的地方便停在轉彎處。
「是妳嗎？」莫寧停下腳步，那馬廄內趴著的不是黑影，而是壓著屍體的夏依。
「黑影……是妳嗎？」莫寧又逼近了一步，那時從水瀑內跑出來，現在又出現在現場不動，幾乎證明了凶手就是夏依。

夏依不敢吭聲，揮刀試圖格擋住射出的匕首，然而莫寧的攻擊速度遠比她更快，頃刻間，匕首刺進了脖子擦出一條血痕！

夏依還是不敢吭聲，她清楚莫寧的實力，而且要是說出半句話，恐怕真的會被殺。

就在這時——

「住手。」莫寧的後方架來了一把長劍。

皮斯伯爵站在後方，把劍架在莫寧的脖子上。

他識趣地放下匕首。

「事態還未了之前，別自相殘殺。」伯爵率先放下了武器，領著夏依從昏暗的馬廄中出去。

莫寧解除了緊張態勢，動也不動地待在原地，冷眼看著屍體。

屍體沒了頭，俐落的橫切面只有湧出血卻沒有帶著絲毫點肉，這無疑，是黑影與自己才有辦法做到的技術與實力……所以，不是夏依，至少在現在的芬徹中，莫寧自認可以輕鬆勝過她。

黑影最讓人無法理解的欲望，就是執著。

那股執著從中，讓莫寧嗅到了與自己相同的味道。

「你到底是誰？」莫寧微瞇著眼睛，意識又再度沒入了屍體的血肉中。

「那是普通人啊……我到底在做些什麼？」

從馬廄門口出去，伯爵突然變成了黑影，後頭則跟著夏依・查爾斯汀。慌張地丟下了匕首，黑影一雙漆黑的手抱著頭，扭動著因痛苦而痙攣的脖子，一頭金髮垂散，像是在風的懷抱下安然死去，飄逸而美好但卻又孤寂得可以。

「住手吧，伯爵大人。」夏依的聲音像對著空氣自語，卻連點回應都得不到。

黑影不理一旁的下屬，狼狽地飄浮於夜空中。

第四幕　沉眠之夢

這是芬徹。

生命之輪第一天的巫刻，新月出現時的子夜時分。

「伯爵大人。」一名近衛隊員推開書房的門，將一封比普通書信更大的牛皮紙袋，遞到書桌上較空的角落。

自從事件發生後，皮斯伯爵就下令傳遞消息時都要用教宗詔書的方式，而且，必須對內外封鎖消息。

拿起一旁平放在書本上的拆信刀，皮斯伯爵頗為憤怒地往信件封處割去。

子夜時分

離宅邸最近的馬廄，發現疑似為馬廄管理員子女的屍體

女性、紅髮、身材不高

光是看著，伯爵的心情便無法平靜，憤怒、失望多種情緒像打翻了調色盤般，混雜成他現在臉上難看的神情。

「叫你們去做受害者的屍體檢查，好了嗎？」他拿著信件一端，另一手掩住口鼻微微顫抖，對於持續進行的殺人事件感到不可置信。

顯是被伯爵猙獰的面孔給嚇著了，近衛隊員愣了一會兒才反應過來，道：

「與前早在廣場被殺的紅髮女子，以及今早才稟報給您的受害者，殺人手法相當類似，受害者都衣衫不整，就像被人搜查過一樣。」

……到底是怎麼回事啊？

那奇怪的黑影到底要找什麼？

除了被殺的近衛隊員外，其餘的死者們都擁有相同的特徵，那便是這些女孩都很年輕，且有一頭豔紅的頭髮。

為什麼要特別找紅色頭髮的女人下手？

伯爵想不透，只不過除了頭髮這項共通點外，他莫名有種直覺，那就是這些女孩說不定不會連長相、聲音甚至是手指的長度都一模一樣……但，這不可能！絕對不可能！

一手把頭髮往後撥，伯爵極力想讓自己的頭腦因吹進來的沁涼晚風更清醒一些，打消那些太過巧合且虛幻的推測，但，其實他的心裡早就有答案。

「只有今早的那位罹難者是頭與身體分離了。」近衛隊員補充道。

「這太詭異了……為什麼殺人手法突然變換了？」皮斯伯爵的臉色更為難看，揮手打發走近衛隊員後，低著頭苦思。

「這只是生命之輪的第一天而已啊……」看著臨於陽台探出一點臉的新月，皮斯伯爵愈想愈不安。

他必須立刻做出決定。

在利益的權衡下，他選擇採取對自己以及城市有利的對策，藉助莉梵・吉博里的女巫之力才能解決這件事情。

作為一城之主，他必須扼殺私人情感去利用莉梵的溫柔。

如果過於在意莉梵的話，那麼，將失去更多的性命或者連威信都賠上了。

莉梵與莫寧待在原來的房間內。

雖然她極想溜出去，但考慮到伯爵爾後向她說明的事情，也料想到在這幾天內再度出外是件危險的事，時值忌諱之季，不斷有人針對紅髮女子進行謀殺，就連已被攻擊過的莉梵，也難斷定是否再有遇上襲擊的可能。

所以，最安全的地方莫過於伯爵的宅邸內。

眼下，避免節外生枝地待這裡，才是最正確的選擇。

只是，令她驚訝的是皮斯伯爵不但知道她是女巫，而且在她出生那刻就曉得了。

當時，吉博里侯爵似乎為了壓制不平凡的力量，特意去請教過皮斯伯爵。這被排斥一百多年的傳說印記，居然出現在自己的孩子身上，會是多大的震撼，如今莉梵多少可以想見父親的心態。

對父親而言，印記像不可外露的家醜。

也因為這樣，使得莉梵幾乎很少出過門，原本就堪稱白皙的皮膚，在貴族教育的保養下也更為白淨潔亮，甚至比珍珠無暇的美還要更美。

可惜即使如此，莫寧並沒有注意到這些。

在他眼中除了對莉梵除了愧疚外，已經看不見其他的存在了。

然而，在莉梵的記憶中，對殺父兇手的面容她卻記得相當清楚，那矯健的身手，遠比女人更加柔軟，宛若跳著舞蹈般優美的身段，都讓她過目難忘。

只不過現在，她希望永遠別想起那段清晰的回憶。

因為每當憶起，她便覺得腦袋快要脹破，令人難受。

她知道兇手是誰，但，快要脹破的心臟不允許她說出口。

她總覺得要是說出口，某些重要的心房角落會逐漸崩潰，得不像自己，也再無法容納那個對現今的她極為重要的人。

依舊靠著窗邊的莫寧，扣上前開的披風畏縮在感受不到的寒冷中。

他在回來後，便換上了送來的禮服。

那是莉梵特意從衣服堆裡挑選出來的，長袖絲質、淡綠色的內襯衣，搭配著無袖的黑色背心，下半身是黑色的長褲，腳上，則穿著皮革製成的中筒靴。

雖然脖子勒得有些難過，但他也不討厭這套衣服。

畢竟，這是莉梵挑的。

「莫寧。」莉梵輕喚了聲。

自那時遇襲後，遭遇黑影突襲的畫面像奔跑的牛群不停在她眼前閃爍著，怎麼趕也趕不走，心臟莫名揪緊著，她比誰都還要擔心莫寧，並渴望能理解他的心，甚至，更於勝過現在自己的處境。

只可惜她多方嘗試，依舊無法打開莫寧的嘴巴。

一整天莫寧都沒有離開，待在房內陪著她卻半句話也不說，那頭黑髮，把孤寂的身影蓋得更加寂寥，冰封的表情，看不見其中隱藏的訊息。

而莉梵認為，這麼僵持下去並不是好事。

「從街上回來後，你一直不說話。」雖然聲音抖著，但她還是一步一步走到他身邊，「到底發生什麼了呢？能不能跟我說？」

想仔細地看著他，只要撥開橫隔在兩人之間的那層假面，便能知道其面紗下所代表的意義了吧……

可惜，莉梵的想法在某瞬間昇華成徒勞。

莫寧連點反應也沒有。

他的心，陷入兩種無解的抉擇被反覆拉扯著，要保護莉梵的話，可能會與德莫格公爵為敵，相對地，狠不下心與之為敵的話，是否就會與皮斯伯爵為敵？

他還沒做好心理準備，也不知道該如何抉擇。

如果與德莫格公爵為敵，勢必得忘記被收養十幾年的恩情，割捨灌輸他社會技能的感激，而與皮斯伯爵為敵的話，意味著在眼前的少女將會一輩子痛恨他。

「不……我已經殺了她父親，就算要殺了德莫格公爵，我也不會傷害莉梵！」莫寧痛苦地想著。

即便因罪惡感而想做些補償，又或者是深埋心中幾個月培養的感情……無論什麼，他都要保護身旁的紅髮少女，即便是為了救贖自己沾滿血腥的心房也好，他認為，自己只能這麼做。

「莫寧……」莉梵再一次輕聲呼喚。

莫寧依舊沒有回話，沉浸在糾結與苦惱中。

再他而言，所謂殺人的渴望無非是另一種飢渴。

好比人只要一段時間沒有喝水以及進食，便會在喉嚨以及腹部響起乾涸的警鐘，對於血也是一樣的。

而他的飢渴像是種毒癮，一段時間或是某些契機來臨時便會發作，但那並不是想要飲血的衝動，而是沁入骨裡的血腥記憶正在全身翻騰，讓他的身體一直回憶起殺人當下的皮膚觸感，以及身旁空氣的冷冽。

麻痺般的恐懼混著些許興奮，在殺戮中才可以獲得對人生的感覺，一開始，莫寧殺人的理由只是這麼簡單，簡單到拋開所有的成見，讓手指與身體跟意識分離，成為汲取血中精華的成熟刺客。

是以遇到黑影後，他對於血的敏感度漸趨回溫，對臉上殘留著的莉梵的香氣，每每有股更加厭惡的感覺湧上。

但，這並不是他討厭莉梵的味道。

事實上，正是這股清香一直維持著他的意識，不讓他最後的一點理智斷裂。

只不過這終究是自私。

自私地利用莉梵的善解與溫柔。

打從一開始，莫寧便不想以此安慰自己。

畢竟就算從戰爭中救了一條命，也只是樹林中的一棵小樹，並不足以洗清或拯救他過多殺戮的罪惡。

他這雙手沁透至骨的血腥味，就是罪惡凶器的證明。

他也知道自己並不是主宰世界的人，無法拯救所有的受難者。可在一路旅行的過程中，莉梵對他的信賴與依賴，讓他幾乎要崩潰的靈魂得到了救贖。

而今，這份僅有的這份感情也將面臨崩潰，如他這般背負重罪的人繼續苟活，再做不出決斷，只是將對無辜的人如莉梵，一併拖入他罪惡的泥沼沉淪。

但，莫寧絕對無法接受這種結果。

深吸了口氣，莫寧低著頭，左掌的手指緊壓著臉部，早已凹陷出深邃的輪廓。

而在莉梵逐漸明朗的視野裡，他已然成為了特殊的存在，但卻比平常更充滿了壓抑感，好像只要說出某些字眼，他便會發洩出積壓已久的壓力。

「莫寧，如果你不想說話，那麼可以聽我說嗎？你不會拒絕吧？」

已伸出去的手又縮回，莉梵抓著胸口，大呼了口氣：「……該怎麼說呢？我是個見識不多的人，小時候常常躲在宅邸裡與娃娃說著話。或許我被養慣

了，老是不清楚周遭發生了什麼事，只是在父親名為保護的禁錮下活著，使我無法獨立。

可是莫寧，你現在就像那些娃娃一樣，不開口說出自己的想法與感受，而我，也只有一昧地拋話給你，就像跟死人對話那樣……」

這些話異常地沉重。

然而，莉梵帶著以往常的甜笑輕聲說著。

秋天讓人避諱的夜晚，寒風敲打著窗沿總是充斥著蕭蕭的刺耳聲，而今，似乎正從莉梵勾起的嘴角旁溢出，凝聚成不同以往的霜寒，冰住了整間房間。

然而她不想別的，滿腦只有眼前的莫寧──那正被寒霜侵襲內心的少年。

莉梵知道這一切，這霜寒是她造成的。

面對她的溫暖，莫寧卻感受到無比的寒冷，諷刺得可怕。

「嘗試著想要剖開娃娃的內心，那是件很難的事。」她的聲音逐漸減弱，腳步聲慢慢遠離了莫寧，「即使如此，我也摸到了你內心的邊緣，卻被拒於心牆外。」

纖細的腰身融在半黑的房間內，走入沒有燭光的陰影中，猶如貓的銳利眼神，在灰黑中直視著莫寧。

「你知道嗎？一開始與你旅行的時候，我一直以為你是個冷酷的人，但你只是不愛說話而已。」清脆的腳跟，拍打著內心的節奏，莉梵挽過耳後的頭髮，柔和地笑著：「對於生活，你相當認真，比誰都認真，所以你在意生活中的每項細節，但你從不享受生活，你似乎被週遭支配了。

雖然旅行之前我也是如此，這樣的你卻……使感情鎖住。你的真實到底在哪呢？到底在內心的哪一塊角落？我想聽你親口說出才有意義。」

裙襬柔和地搖擺著，聲音沿著飄逸的裙襬起伏。

莉梵從龐大的床影中走出，離莫寧站了幾呎遠，伸出線條美麗的手臂，清澈的瞳孔只有那人，只有眼前的莫寧而已。

「我是莉梵．吉博里。」另一手撫著胸口，她像是邀請莫寧跳一支舞說道：「你呢？你是誰？你的真實名字到底是？」

這動作維持不久。

莉梵得不到回應，終究只有彎下眉頭，笑著放棄了。

莫寧還是沒說話，抱著身軀站在窗台邊的角落。

他很清楚地聽到莉梵的問題，可嘴唇卻打不開，也無法回應莉梵殷切的問答與內心的期待。

因為這般罪孽的他，不容許屈服於眼前的溫柔，不容許自己的存在。

冷不防，門板傳來陣陣著急的叩門聲——

兩人的沉默被打斷。

「請進。」莉梵面帶疑惑回過頭，對著門小聲說道。

「不好意思，伯爵有請兩位到書房一趟，似乎有相當要緊的事要找二位。」菲爾庫門而入，臉色十分嚴肅，似乎有相當緊急的事要找他們。

莉梵與莫寧對望一眼，兩人一言不發地隨菲爾庫的引導，離開房間。

邁步在往書房的側廊，對於沒走過這條路的莉梵來說是種新鮮的體驗。

事實上，只有莉梵像是凜然的貴族般拉著裙襬，步步作響。

而莫寧驅使身體的動力，是對不能理解的事物產生的執著，是對伯爵想找他們的事而萌生的興趣。

圓滿的月變得瘦弱，只剩下削弱的身形，掛著兩人之間無形的寂寞。

莉梵傾著美麗的臉龐，對於被打斷她並不感到生氣，反而是說完了想說的話後，莫名感到有股低落。

「生命之輪的第一天，是從新月開始吧？」望著天空，她心想。

莫名地，她的感覺變得格外敏感，除了在意後方被照亮半邊臉的莫寧外，

華美禮服緊扣著腰間的束甲，令長著纖細身材的她備感束縛，持續湧上緊縮的不適感，呼吸開始不大順暢。

而莫寧雖然什麼也不說，但全心在意黑影的事，所以，便一直盯著月的變化及莉梵的情況。

很快地，他發現月亮又胖了點，令他浮躁的心更難以平靜，有股不好的預感正在醞釀，再加上莉梵的話、對莉梵的歉意，更讓他連閉上眼都做不到了！

然而，逃避所見更是會墜入不可拔起的深沼吧……他是這麼想的。

況且，他們之間的糾結何只是歉意呢？簡直是無法忘懷的刻印吧。

微弱燭光展望下的他們，走在幾乎不見頂的高聳天花板下，長廊的精雕，經過燭光的薰陶顯得更加深遂，靜謐的側廊沒有了早晨寥寥的鳥叫聲，充斥著每踏出一步便會響起的高跟鞋旋律，顯得格外詭譎。

「能不能告訴我有什麼事呢？」一邊拉著裙襬深怕踩到裙角，莉梵邊問著前方帶路的菲爾庫。

而菲爾庫始終連句話都不說，即使經過了那幅掛在壁上的畫，也並沒有因莉梵的止步而停下。

駐足在那幅畫像前，莉梵的眼睛瞬間又變成豎瞳——

「凱特妮，妳覺得這幅畫如何呢？」

掛滿畫架的房間，林立的畫架背後矗立著幾櫃書架，上頭盛滿了書，微弱的燭光，在一旁的書桌上忽滅忽明，描繪出坐在畫架前的那名男子成熟的臉。

他溫和的臉龐舒展開，對著眼前那幅長寬頗大的畫微笑，而畫筆仍舊在畫布上飛動。

飄動的燭影，貼在一旁的盆栽上。

「看起來很難畫。古魯菲，辛苦你了。」

站在他身後的女人端來一碟茶，裡頭是清澈見底的紅茶，不時冒著熱騰的煙。

「不，我只是想問妳這幅畫如何。」名叫古魯菲的男人，轉頭對著女人問道。

他有著一頭銀髮，俐落的短髮顯得有氣質。

「看起來很美呢！這是我吧？」

「是啊。」古魯菲笑著，接過凱特妮端來的紅茶，喝了幾口便感激地放回碟上。

「為什麼想要畫我呢？」

「因為紅色頭髮真的很美，血的顏色，或許是世界上最美的顏色吧。」

「我還以為你要讚美我呢！結果卻是讚美我的頭髮啊……」凱特妮作勢抓起後腦的髮絲，想要把它們拔掉，

古魯菲連忙丟下畫筆起身阻止了。

不遠處，盆栽中的那朵黃瓣之花漸漸綻放，擺脫了花苞的束縛。

「莉梵小姐。」走了幾步才轉回頭的菲爾庫呼喚。

而莉梵卻兀自愣盯著那幅畫，

「小姐，不快點可就麻煩了。」菲爾庫催促著，似乎感到有點不耐煩。

莫寧同樣停下腳步，沒有靠近、沒有說話只是靜待著。

站在前方的菲爾庫臉上有點緊繃，卻還是等莉梵回過神來。

許久，莉梵猛地一眨眼，光華流轉的瞳內似乎像水在流動著。

「啊？怎、怎麼了？我在發呆嗎？」她狀似羞赧地撓了撓鼻心，繼續跟著菲爾庫往書房走去。

方才那一瞬間，她覺得那幅畫很真實，所有細節都能看個仔細，尤其是剛剛閃過的畫面，令她完全深陷其中，並且繼續灌輸她無數連綴的畫面，猶如迷

惑的迷藥般誘人。

見莉梵明顯地心神不寧，老是往窗外的生命之輪似乎正在煩惱些什麼，莫寧只是靜靜地掃了她一眼，卻並沒有開口詢問。

在夜晚，長廊上的骸骨之鳥像個看不見的影子，躲在隱沒處靜靜地看著他們。

須臾，三人來到伯爵的書房前。

「不好意思，請進。」菲爾庫謹慎地打開沉重的大門。

摩擦聲格外的詭異，尖銳的噪音感覺像戳在心頭令人感到十分不和諧，在靜謐的空間裡，宛若黑裡的一點白讓人無法不去在意。

而當他們越過站在大門旁的菲爾庫身邊時，那股熟悉的味道又傳來了，其中，還混雜著如排泄物般的腥臭。

完全沉浸在議事中的莫寧沒有發現，他的感覺已漸趨遲鈍全都用作思考，而莉梵發現了，卻緊閉著唇，緊密的呼吸聲也隨著關上的大門停下。

強烈的刺鼻感令她有點作嘔，對於嗅覺更加靈敏的莉梵來說，她比普通人能夠嗅出的距離及範圍還廣，莫寧幾經訓練而鍛鍊出的感官還是遠遜於她。

「我實在沒什麼精神與你們打趣了，如你們所見，事情麻煩到難以說明的地

步。」兩手蓋住臉的伯爵，繼續說道。「夏依為了處理漸趨嚴重的事態去忙了。」

果然如莫寧所想，事態嚴重到必須說出事實了。

夏依在此時不見人影，恐怕是想要避開自己是黑影的嫌疑。

雖然，莫寧老早把匕首首先刺向她，但仔細想想，時機的恰巧與許多不合理的可疑，光是他闖入馬廄的時機已是錯開，且在這之前的騷動無法解釋黑影就是夏依，可能性與直覺告訴莫寧別太過深究。

伯爵指著面前那椅腳彎曲，用木頭雕刻而成的木椅。

莫寧不在意，靠站在門板旁的衣架書櫃邊，然後低著頭，等待伯爵的說明。

書房內的燭光照明了伯爵的身軀，疲累的身體顯得單薄，雖然不能察覺伯爵的臉色，但深邃的五官好像陷了進去。

「謝謝。」平常總是笑容滿臉的莉梵卻降低語調，顯得有些擔心。

她沒有跟著莫寧，聽從了伯爵而坐在長椅上。

伯爵身上的白長袍換成了黑色，整個人忽然變得死氣沉沉，完全不像原本認識的的皮斯伯爵，那充滿粗獷又不失細膩的英姿與聲音變得沉澱，吐不出的怨逐漸醞釀著。

「皮斯叔叔，您還好嗎？」莉梵露出擔憂的眼神，從昏暗中望著伯爵。

「咳……我很好……」伯爵咳了幾聲，清清喉嚨。

然而他連午餐與晚餐都未進食，就算是杯水也不喝，沒有經過水滋潤的喉頭根本舒展不開。

「但是……您看起來不像早上那麼有精神。」莉梵看在眼中，覺得一點也不好。

「這倒是，但只不過是沒睡好而已。」伯爵的謊言如紙薄。

莉梵對於父親的臉孔，還深刻地印在腦裡，那臥於檯桌前埋心於事務的面貌，她還記得很清楚，失焦的眼神宛若死魚，靜止的動作像沒了氣息，儼然變成了一副經碰觸就會倒下的模樣。

莉梵也不知道該說什麼、安慰什麼，只有試著不去看伯爵的臉，以免心裡比誰都難過。

「真相必須在這時告訴妳，我必須藉助妳的女巫力量。」

「……叔叔的意思是？」聽到兩字，莉梵也無法只擔憂著伯爵，反倒開始擔心起在這提到女巫的原因。

「如果……」頓了一頓，皮斯伯爵又道：「如果妳有辦法承受我尚未告訴妳的一切，那麼，我將告訴妳女巫的始末。」

莉梵聞言不由睜大眼睛，下意識地回眸看著莫寧。

而莫寧卻避開她的目光，只是用眼神回應伯爵投來的視線。

他無法說明，而且更無法透露伯爵先前到底與他說了什麼，那只會讓現在的莉梵更崩潰，他試著在腦中思考哪些內容可以告訴她，而哪些不能……可能的話，他不想回應，更不敢說出任何一句話。

「你就是這樣，什麼話都不說。」莉梵轉開目光，這次，是真的生氣了。

「好了……別在意這些小細節。」伯爵擺擺手，混雜低沉的鼻音開口：「我只想知道女巫印的情況，現在已經擴大了吧？」

那彷彿像是要找尋獵物的飢渴眼神，令莉梵下意識抓著綁肩上綁著白布條，刻意遮住的女巫印。

「生命之輪已經開始了，讓女巫面臨承擔任務的時刻也到來。」伯爵沉聲說道：「以前……我與吉博里伯爵認為沒必要就無須告訴妳，但現在來不及了，妳遲早要知道這些事。」

「是不是與黑影的事件有關聯？」莫寧插口問了句。

「依現在的狀況，這是她必須面對的。」伯爵冷冷看著莫寧，「這麼說好了……我們都有可能是黑影，只是那人到底是誰，我們並不曉得，又或者那人

就在我們週遭。」

想要保護屬下的決心，展露在伯爵的臉上。

莫寧聽得很清楚，也立刻明白了。

莉梵則是不解地望著莫寧。

他與皮斯伯爵之間彷彿打著啞謎的對話，把她給搞糊塗了。

「妳的決定如何？」伯爵不假辭色地追問：「猶豫可不是妳的個性，只要有事情去做，妳是會不顧一切的人……」

「或許您說的沒錯，我是這種人，但那是我反抗父親的禁錮的唯一辦法。」

莉梵直視著對方，使勁命令自己的手腳停止顫動，眼角卻擠出一絲帶有悔意的眼淚。

她確實下定決心，可卻連答覆的勇氣都沒有。

她知道一但做了決定，任何人的一生都有可能改變。

莫寧見她如此，心裡更不好受。

如此乖巧並美麗的少女，被迫接受離開家鄉而且與殺父仇人一同旅行，這一切，彷彿是女神的安排，讓身為女巫的她遭遇如此坎坷。

但莉梵的境遇，與小時待在普羅亞的他是完全無法相比擬的吧……假如，

那時沒有被他發現的話，她是否就被那幾名壯漢當成隨手可得的玩具，轉賣為賺錢的工具了？

莫寧看著自己的手，從指縫間流逝的黑暗正在訴說那段日子的血腥。

他感到十分矛盾。

他什麼都做不了。

莉梵與德莫格公爵，無論選擇哪方於他都是良心的譴責。

「我很抱歉，但時機來到我也必須履行我的義務，雖然，要妳這樣的少女做選擇實在太殘酷了。」

伯爵的語氣平淡，從穩健的談話中絲毫察覺不到他的感情流露。

「她的選擇，你會一律無條件接受嗎？」莫寧淡淡地拋出一句，腳步挪動，走到莉梵的身後站定。

莉梵輕吁了口氣，身體下意識向後傾尋求著他的依靠。

「你們兩人真的好像啊……」伯爵苦笑了聲，慨嘆：「像極了凱特妮以及古魯菲。」

「凱特妮與古魯菲？」莫寧緊握著莉梵的手，疑惑地望著伯爵。

在今早，他也聽過其中一位的名字，而另外一位則是遠近馳名的人物。

「請容我叫妳莉梵吧！」目光微歛，伯爵鄭重地望著面前的紅髮少女，「這就是芬徹改變的開端，莉梵，妳準備好接受了嗎？」

正值年華歲月的女孩，被逼著做出人生的轉捩抉擇，看在他眼裡真的很心疼，何況是從小看著長大的莉梵．吉博里，未婚的伯爵，把她當成自己的女兒看待，感覺真如自己的女兒被當作女巫，宛若刀在心上劃著所滲出的痛。

「我想知道這兩人的事情，麻煩請告訴我。」莉梵殷切地望著伯爵。那幅畫、那段記憶，包括一進城所看見的光景以及伯爵如今憂愁的姿態，就是芬徹所有的祕密，也是她為什麼被父親禁閉了近二十年的原因，她全都想了解。

莫寧只是緊握著她微顫的手，靜靜地伴著她。

「你們在來到書房的途中應該有看見那幅畫，有沒有感到很熟悉？」伯爵望著兩人，臉上寫滿了憂鬱。

視線越過莉梵，莫寧直視著伯爵投來的目光，「有，那幅畫有什麼特別的意義嗎？還是說與莉梵極為相似的這點，有我們所不知道的祕密？」

他只是想知道這與黑影的間接關聯性。

「你的直覺真令我害怕，不過，莉梵也感到奇怪吧？」伯爵不答反問。

「我……我確實是感到奇怪，而且從畫中看到了一段畫面，不知道是否與您說的凱特妮有關？」微皺著眉，莉梵回想：「但畫面裡有個紅髮女人，被稱為古魯菲的男人確實叫她凱特妮。」

莉梵的回答，讓伯爵有些驚訝，但他馬上冷靜下來，手指著自己，「古魯菲……是不是一頭銀髮的男人，像我這樣？」

「對，確實是那種顏色。」莉梵相當肯定地說道。

「那妳看到的便是他們倆人。」伯爵臉上擠出一絲微弱的笑容，隨即消失了。

「他們到底是？」

「莉梵，凱特妮是前任的紅髮女巫，她就是那副畫的主角，也是第一任伯爵的夫人。」伯爵緩緩說道。

莉梵雙目圓瞠，差點從椅上跳了起來。

雖然從小就知道女巫的傳說，但她並沒想到在她之前還有別的女巫，一時，愁容像洗不掉的污漬黏在她潔淨的臉龐上。

而莫寧卻早知道有別的女巫存在，所以並未感到特別驚訝。

「我用說的妳可能不懂，到這裡來吧。」

本來坐於椅上的伯爵起身往角落邊的書架走了過去，用力拉住高於頭頂幾尺的書櫃，書櫃頓時失去重心倒在地毯上，發出一陣引起耳朵不適的聲響後，漸漸描繪出一道門的輪廓，

「您……到底是？」書櫃倒下引起的大量粉塵，令莉梵不由連咳了幾聲。莫寧則是屏住氣息。

他那早已習慣塵埃及戰爭殘骸的身體迅速反應，令呼吸避開了滿布的粉塵。

「從這裡進去，我能更快速地解釋給你們聽。」伯爵揮動了下手臂，散去發出霉味的塵埃。

莉梵回頭瞧了瞧莫寧，不自覺地抓緊他的手。

「來吧。」伯爵從書桌上拿起燭臺，領前走下一階。

裡頭的構造，似乎與兩人來到芬徹時所見那擁有環形階梯的鐘樓一樣，但可能是因為夜晚加上心情的轉變，詭異的氣氛比鐘樓還來得濃烈。

「好像有老鼠呢……」莉梵回望莫寧。

只要他能看自己一眼，那便已是最大的滿足，即使花再多的時間，她也不覺得是浪費。

可惜她的期待卻總是落了空，現在也是如此。

「還好吧？」伯爵溫柔地望著她，「還是跟以前一樣怕老鼠嗎？」

莉梵吐了吐舌頭，「啊，沒有這麼怕了。」

「那就好……」伯爵點點頭，繼而又道：「我先說這裡是什麼地方吧！這是後來幾任的皮斯伯爵，在一百多年前左右改建的祕密地窖，與廣場旁的鐘樓是同世代的建築，老實說，知情的人只有我與夏依。」

小心地踏下階梯，他繼續說道：「你們也許覺得荒唐，但這可是真的。最下面所蘊藏的資料量，能夠追溯到上回的生命之輪甚至千年前。」

莫寧追問：「那麼帶我們來這的原因是？」

伯爵頓時無聲，過了許久才開口：「裡頭的東西更能使你們信服。」

莉梵聞言立刻像貓一樣展開警戒，彷彿豎起全身的汗毛般，平穩的腳步，也因伯爵的一句話變得有點彆扭。

「到了。」伯爵在前方示意他們停下後，先行進入摸不著邊際的黑暗中，依著手上的微光照亮周圍，一個個找到接下來的幾個蠋臺後倒入滾燙的蠟油，不需要填滿，然後，又在各個燭臺相連接的繩索上仔細地淋上剩下的蠟油。

「仔細看吧，這裡所有的資料。」伯爵停在第一個燭臺前。

從他走到中央放下燭火後，便能看見高掛於書櫃間的好幾幅畫，畫的年代

與書櫃內的書相符，其上的色彩剝落，書皮不是被啃出好幾個洞，就是被扒掉整個書皮。

「這裡不像地窖……反而更像久未有人跡的房間呢。」莉梵想起小時候常在宅邸內冒險的經驗。

那時，她看過不少未使用的房間。

從踏下階梯的那刻，腳底頓時傳來鬆軟的疲乏感，因為腳下鋪著地毯，上頭纏繞的灰塵像長了銀髮的頭頂，參差著些許的黑髮。

從那延伸至中央的舊木桌腳，腐朽的程度不堪壓力，只要一在上頭施力便會使之傾倒，融化成一攤木屑。

「牆壁都不是用完整的石磚砌成的，不像是地窖吧？」伯爵輕輕拍掉上頭的一層厚重的塵棉，說道：「這裡一開始並不是地窖的，反倒是個正常的房間，令人意外的是為什麼歷代伯爵要保留這個房間呢？」

「因為某些原因？」莉梵踏在毯上走動，在書櫃前來回察看。

「是的，這裡是古魯菲．皮斯的房間。」

「果然是這樣沒錯呢，那畫架……」莉梵已經在室內走了一周，室內的景觀，比她在記憶片段中所看到的更加鮮明。

塌了一邊的畫架，木頭交錯排列在地上，無數坑洞充斥，從微光中，可以看到幾隻蠕動的白蟲……這就是當時架著側廊那幅畫的畫架，莉梵相當肯定。

這裡的書櫃及毯子雖然染上了歲月的顏色，卻還能從中揣摩出當時的情景。

「皮斯叔叔，您所說的古魯菲．皮斯是您的祖先吧？」莉梵蹲下查看畫架，並不如一般畫架的大小，那樣的橫樑長度與穿廊上那幅畫相符。

「……當然，我們的姓相同。」皮斯伯爵意味深長地望著莉梵，「妳知道那畫架？」

莉梵點點頭，「知道，這是畫側廊上那幅畫所用的畫架。」

「妳窺探到過去了嗎？」伯爵不兜圈子，直言問道。

「從那幅畫前經過就看到了。」莉梵直言不諱地坦承。

「容我插個話，古魯菲．皮斯是第一任伯爵兼教宗吧？」莫寧不顧莉梵投來的詫異目光，直接向伯爵提出疑問：「傳言他是造成芬徹改變的第一人，也是在大陸上擁有極大影響力的人物，從沒聽說過他與女巫有關係。」

「你們聽到的都是表面，應該說美化後的古魯菲．皮斯吧？」長吁了口氣，伯爵嘆道：「也不是他甘願被美化……事實上，他研究了許多女巫相關的宗教書籍，但眾人都認為女巫是種異端，相信災難與戰爭都是女巫引起的。」

「所以，這裡所蘊藏的資料肯定是女巫研究的書吧？」莫寧看了眼正在書櫃前繞來繞去的莉梵，回頭對伯爵說道。

「你猜對了，這裡所有的書全都是女巫的研究，其中還包括古魯菲．皮斯的日記與著作。」伯爵換了個語調，神色變得格外地沉穩平靜，「在古魯菲的著作中，最完整的便是『染血的詩篇』。」

「染血的詩篇……很有品味的名字呢。」從染血兩字，莉梵莫名感到悲傷。知道伯爵會繼續說下去，莫寧便沒有直接追問，只是靜等著下文

「……那是為了凱特妮而寫的喔。」伯爵說著，轉向莉梵，「能不能幫我拿妳前頭的書櫃中一本書？就在妳胸口的那排……對……第三本。」

莉梵依言，小心地抽出那本沾滿灰的書，書上似乎經過幾次翻修，封面及書皮都很完好，沒有遭到蟲蛀或者腐蝕，但裡頭的書頁並不是這麼回事了……從中跳出的幾隻黑蟲，讓莉梵差點把書摔到地上！

她咬牙忍著，把書本拎給伯爵。

伯爵用手幫忙拍掉蟲，表情嚴肅地把書放在鋪上滿灰的桌上，冷靜地翻開第一頁，「老實說它本來並沒有書名，所謂『染血的詩篇』是後任的伯爵所取名的。」

「為什麼一部詩篇與凱特妮有關?」莉梵追問。

「妳想想凱特妮的身分就知道了。」伯爵苦笑。

莉梵微皺著眉，「那這本書就是透露女巫真相的書嗎?」

「不，很可惜，你們都想錯了。」伯爵搖搖頭，繼續說道:「你們都看過那幅畫了，在裡頭的凱特妮擁有一頭令人稱羡的紅髮，亮麗無比，請問你們，血是什麼顏色的?」

頓了頓，他稍為加重了語氣:「血是紅色的，如同瘋狂的鮮紅更勝玫瑰的丹紅，這本書從名字上就只為了歌頌她而寫的，而繼任的歷代伯爵們，把這本書當成了忌諱之季的頌歌。」

放下詩篇，伯爵走至另外一邊的書櫃抽出另一本書，「但是，古魯菲為什麼會寫出歌頌女巫的詩篇?照理來說，詩篇都是讚美對於教會有純潔之貢獻的人，那身為與異端對立的教徒，為異端撰寫讚揚異端的詩篇，兩者不就矛盾了?你們所想的就是如此，對吧?」

把那本腐朽的書抖了幾下，他翻開書攤開至某一頁，「這本是古魯菲在世時寫的日記，與詩篇的筆跡符合。看這裡。」

莉梵走過去，湊近伯爵，安靜地看著那一頁的內容:

希德曆，一千兩百六十四年，九月三日。

今天是凱特妮登上鐘樓並自焚的日子。

因為女巫的存在意義無法被人類定義，當她們展現出強大的力量時，那違反自然的創造力能夠摧毀人類的信心，即便她們只是想讓世界變得美好，但在人類眼中，她們終究是半人半貓的異端。

在這場教會與城市的對立中，我輸了，輸得徹底。

當時身為教宗的德莫格，他的兒子帶著他剩下的家人舉家往北方遷移，而亂成一團的芬徹也成為了空城。

走出廢墟的我理當接掌了城市，但利用巫妖聚會使我復活的凱特妮，並沒有長久地陪著我，我不知道她是否對人類感到失望，又或者對自己感到失望？

八年前，在我醒來的那刻，她只是告訴我一切，告訴我，這回的生命之輪與巫妖聚會已經結束了。

八年過去了，她早已生了個男孩。

但今日，卻獨自一人前往了那座鐘樓——那我們第一次見面，爾後每次見面時的相約地。

當我聞訊趕到鐘樓時，看到的僅是被包圍的鐘樓，還有被抬出來的一塊黑

炭，燒得一點也不剩。

這來得太快，也去得好快！

我告訴我的兒子，你的母親是世上最偉大的人，即使她為躲避為對紅髮的成見，必須而轉變成金髮，我還是喜歡那頭紅髮。

即使他才不到三歲，我想我有必要把凱特妮在這場戰爭中的事蹟，一點一滴地紀錄在紙上，不管皮斯家族能否繼承對她的思念，我都希望有人能為她的容忍歌頌，把巫妖聚會的真相傳達給我的後人。

不管是人們的畏懼、我的錯誤，這都不該造成凱特妮的犧牲。

這是個惡魔的儀式，千萬不要被慾望給驅使，儘管，凱特妮不是為了自己而使用巫妖聚會，但除了她……我並不希望有人再使用這禁忌的巫術。

我研究了女巫有不少時間了，經由凱特妮從眾影書中所得到的前幾任女巫歷史，那是本傳承歷代巫術、記憶及歷史的書本，其來源已無法得知，而那是女巫必定會擁有的書。

她……留下了眾影書，把書本交給了我。

巫妖聚會的戰爭已經結束八年了，我無法理解凱特妮怎麼會自焚而死？

我後悔莫及，也痛恨為什麼她比我先離開了？只留下了我跟孩子。

莉梵啞口。

她真不知道該說些什麼才好……其中的內容有她意想不到的內幕，她知道所描述的衝突是指歷史上的戰爭，但從心頭緩慢攀爬上心房的壓力，讓她再度懷疑女巫的存在意義。

「一百六十五年前的『教會戰爭』與女巫有關？」莫寧面色凝重，不想再繞圈子，首先發問。

「我問你們，你們認為教會戰爭是古魯菲與教會之間的衝突嗎？」伯爵反問。

「不是這樣嗎？」莉梵有些害怕，怕她所想的將會成真。

「你們的記憶都被誤導了，但書本可是會記錄下真正的事實。事實就是如此，教會戰爭與女巫息息相關，每個環節都與女巫有密切的關係。」

「記憶被誤導？這是什麼意思？」

「看來你們已經相信了，那麼我順勢說下去了。」伯爵走遠了幾步，目光在燭影下有些迷離，「希德教派，那時稱作教會吧……教會進行了所謂的女巫獵殺，那時擔任教宗的德莫格已找到黑髮女巫。他藉由獵殺的名義，尋找紅髮女巫……而他找到了。」

微頓了一頓，他又道：「紅髮女巫就是凱特妮，雖然，與她在一起的古魯菲是芬徹的領導人，但，在宗教勢力龐大的壓力下，他終究不敵，而凱特妮利用了女巫力量，為了心愛之人挺身與德莫格對抗。」

這或許是確切的歷史，但在莫寧看來過往的歷史與現在牽連不大，除非，伯爵所要敘述的便是日記中所提到的生命之輪，又或者他完全沒看過的「巫妖聚會」。

「知道我向別人詢問了一百六十五年的女巫獵殺，得到什麼答案嗎？」伯爵頓了一會兒，眨了下眼睛「沒有人記得，沒有人知道，沒有人懷疑……」

「等等！這到底怎麼回事？皮斯叔叔！」莉梵有點急了，「您口中的『記憶被誤導』是什麼意思？還有……叔叔，您身為教宗，難道不怕這天大的祕密被揭穿嗎？」

她天生濃烈的預感告訴她，接下來的事實會是更加黑暗的惡夢。

她或許一輩子都不想知道，但身為女巫的她卻有必要釐清這些，她心底很清楚。

「我不怕，巫妖聚會能夠強制改變世界的結構，就算被揭穿也遲早又會被埋沒，原有的記憶也消逝，所以沒人知道這段歷史。」

長吁了口氣，伯爵正色望著兩人，「大陸從一開始就是副模樣嗎？不，不是，絕對不是。」

莉梵想了想，語帶艱澀問：「那麼敵人呢？」

「德莫格的子嗣嗎？德莫格家族也知道那場戰爭的真相。」

「是不是因為古魯菲與德莫格不和而引發戰爭嗎？」莉梵追問。

莫寧只是靜靜地站在一旁，望著兩人，對於談論到德莫格。

他一點都不想加入這話題，而且他與女巫無關，莉梵堅定的眼神告訴他了一件事實，她已無需別人的支持，能夠自己面對。

但，那真是勇敢嗎？

「豈止是不和！」伯爵冷笑，「雙方都擁有女巫，而巫妖聚會是顆能完成你要求的願望水晶球，彷彿你所想的就會呈現在你眼前。」

莉梵開始從那篇日記中推敲：「文中說了，凱特妮使用了巫妖聚會讓古魯菲復活，原本是教宗的德莫格爭奪失敗，然後巫妖聚會造成了巨變，改變了人們對教會戰爭的記憶？」

「妳很聰明。」伯爵久未展露的開懷笑容，比不久前的冷笑都還放得開。

「所以現任的德莫格公爵……也像您一樣知道這些真相，對吧？」莉梵遲

疑道。

「看這頁。」這回伯爵翻了另外一頁，也對著莫寧使了眼色要他也湊過來看。

希德曆一千兩百五十六年，十月二十三日。

凱特妮的願望，便是連我也意想不到的。

在巫妖聚會的一切準備就緒後，她跟我說了最後一段話：「……明知道巫妖聚會的封印，是女巫的使命，但是……我不能讓你死，而且，我希望孩子能夠活在美好的世界。」

她說完後，不顧懷有身孕施行了巫妖聚會。

「……凱特妮的願望這麼抽象嗎？」莉梵直起身，雙手下意識地抓緊裙襬。

「具體的願望能夠準確實現，而抽象的事物總是以任何形式存在。由於古魯菲為了維持大陸平衡，分別授予各兩個領地爵位，後來的古魯菲的後裔繼任教宗後，便一直持續世襲的制度至今，為得就是防止相同的衝突再度出現。」

「女巫之間的爭鬥嗎？」

「對！包括守護女巫的一切，也包含了眾影書。」伯爵又往前翻了幾頁，指著上頭的文字——

希德曆一千兩百六十五年，三月十四日。

沒有人記得巫妖聚會行使前的大陸形勢。

我想唯一記得的，只有我與凱特妮還有在戰爭中死去的德莫格，以及他活下來的後裔，而我則成了呼聲最高的教宗繼任者。

就這樣直到我卸任前，我從未公開下一任教宗的選舉制度。然而，人民卻無條件地接受了這樣的現況，彷彿人類的自我意識被改寫，而本該支持德莫格的派系，卻不知不覺往我這靠攏了。

於是，我決定將一切都交給兒子。

他也知道凱特妮的事蹟，知道他母親是個女巫。

我很驕傲。

因為他與我不同，始終深信母親是個無私的人。

而我，卻埋怨著凱特妮。

傳承下去的，應該是能正確封印巫妖聚會的思想，不……應該說是抑制才

對，女神最初的期盼也是如此，而不是利用巫妖聚會進行慾望的達成。

那將會與德莫格無異，成為被慾望驅使的貪婪之人。

我也不懂凱特妮許這願望造成的後果。

但是分成三個領地是好的話，那也就是美好的吧？

即便是，活在美好的世界卻永遠保護後人……

古魯菲在日記還寫道：如果透露地點，將是褻瀆女神的行為。

「透漏了地點將會褻瀆女神，代表女巫與希德教派信奉的女神也有關？」

莉梵皺著眉頭沉吟道。

伯爵苦笑著，捏了捏鼻梁。

他顯然不是第一次看這些訊息了，但似乎還是感到心裡一陣毛，而從他的神態，莫寧可以斷定想從日記中得知巫妖聚會的地點，已無可能。

只不過，現在的窘境無法讓伯爵繼續隱瞞。

「往這間房間後面看去吧。」伯爵指著被暗黃光芒照亮壁面，用手抹了下臉，讓緊繃的肌肉與焦躁不安的心理得到舒緩，然後走了過去，站在一旁靜

靜地看著他們倆人，「這裡的畫都是古魯菲的畫，這幅畫中的主角你們都認識吧？」

莫寧皺眉不語。

姑且不論這幅畫裡頭的風格與用色，光是左、右兩邊互擁的女人實在太過明顯，右邊一頭黑髮展出破碎黑翅的女人便是蓓蕾克珐，而左邊飄散著紅髮的女人，無疑是蕾菲帕。

畫作兩邊各自呈現不同的形象。

畫著蓓蕾克珐的半邊是一片黑，其中充斥著許多本身就是黑色的動物，在類似夜空的細細閃砂中，生動地活著。

而另一邊是浮著火苗，從中孕育出許多鮮綠的樹木與嫩草。

希德教派所信奉的兩位女神，據說是兩位一體共同創造了大陸。

「蓓蕾克珐與蕾菲帕。」莫寧低著頭沉思，而後像是明白了什麼似地望著莉梵，「不可能！你的意思是莉梵與凱特妮都是蕾菲帕嗎？而文中提到的黑髮女巫，則是蓓蕾克珐嗎？」

為什麼以前都沒有發現？為什麼到了現在才發現？

為什麼沒有直接聯想到，那兩名女巫的外表及特徵與女神極為相似啊！

他不得不這麼想，但，這太荒唐了！

如果光以外表來推斷女巫就是女神……

上神簡直開了個天大的玩笑！

即使他也見識過黑髮女巫的力量，找不到證據否定，可，實在太瘋狂了！

「……」莉梵同樣也不知道該說什麼才好，除了不可置信外，那匪夷所思的推測，同樣令她感到胸口一陣熱悶。

「那麼眾影書……」她大呼口氣看著昏暗的地上。

「就在這幅畫的後面。」伯爵直言不諱地坦承道，一手扯著那幅畫的下緣，似乎不在意那是件百年畫作。

他在等待莉梵的答覆，也在等待莫寧的讓步。

而莫寧只是面不表情地瞪著伯爵。

其實，他早就該猜到伯爵也擁有眾影書，昨天兩人的對談中早已透露所謂真相的內涵，目前看來，如果莉梵接受了這一切的話，他就會把眾影書還給同身為女巫的莉梵。

「莉梵，妳的女巫印是在右肩，一改過去在左肩的常例，現在妳的右手很痛吧？」心知很難讓莉梵立刻相信，伯爵話鋒一轉。

「別拐彎抹角，說重點！」莫寧握緊拳頭。

如果伯爵直接要求莉梵接過眾影書，他有可能會一拳打過去，將怒意一口氣寄宿在拳頭，然後把伯爵打醒。

就算對黑影再怎麼執著，他的內心，依舊為莉梵著想。

「吉博里知道這回事，所以，要求我讓妳在十八歲這年繼承眾影書。」伯爵微笑，然後嚴肅地看著莉梵，「這本來就是妳的東西，更重要的是……」語氣陡然變得急促，他恍若宣告般地說道：「要是沒有眾影書，無法抑制在生命之輪期間覺醒的力量，女巫印持續擴大的話，而妳會自焚而死。」

「為什麼這種事不早點說？」要是莉梵沒來到這，那豈不在旅途中就會自焚而死了嗎？

莫寧猛地逼前了幾步，他沒有帶上繫滿匕首的腰帶，所以，他只能一拳直達伯爵的臉部。

那拳握得緊實、揮得猛烈，或許是要將現在對自己感到的迷惘，方向的不定感宣洩在伯爵的身上，可他真的忍受不住對自我的迷惘及分心於黑影的心靈崩潰了。

而伯爵並沒有倒下，只是舉起左掌輕鬆地接下，用哀傷的眼神看著莫寧。

這令莫寧困惑不已，只能睜大了眼睛、咬緊牙與伯爵繼續僵持著。

「要是我們沒有來到這裡，或者在生命之輪前就離開，莉梵不就會被女巫印給侵蝕致死嗎？」他的聲音暗啞，早已無法掩飾感情。

「不用擔心！」伯爵苦笑，臉孔有些扭曲，「生命之輪會引導她來這裡，這是為了讓女巫誕生才有的自然現象。」

「莫寧，冷靜一點！」莉梵慌張地走過去掐著他的手臂阻止他，目光直視著伯爵，「如果接受就能讓我活下去，對吧？」

不只是女巫的力量驚人，如果接受了眾影書有可能要與黑髮女巫對抗，更壞的情況是遇到現任的拜恩．德莫格公爵。但最重要的是生命無法生存，便談不起未來。

「莫寧。」莉梵抓著他兩臂又繼續說道：「你知道凱特妮明明身為女巫，為什麼會自焚而死嗎？只因為她幻想著成為普通人與古魯菲一同生活。

「但巫妖聚會的願望實現後，女巫卻成了眾人唾棄的對象，彷彿把矛頭指向她，才停止了戰爭。」

莫寧與伯爵解除了對峙，靜靜地聽著美麗的少女訴說：「待在鐘樓時，我看到了凱特妮的記憶。她是為了保護那座鐘樓，為了能讓那座鐘樓的回憶能永

久保存，才選擇在那結束生命的。」

莫寧不語，卻大致上懂了她的意思，女巫是半人半貓的異端，但不管擁有這異樣體質的原因為何，她們都希望像個普通人學著享受生活吧……

所以，凱特妮都選擇了接受眾影書，並且希冀能擁有普通人的另外一面，不再只是女巫。

「您……能不能告訴我，世界是不是因為巫妖聚會而改變了無數次？」莫寧向伯爵丟出疑問，低著頭看著莉梵快要哭出來的臉龐，溫柔地撫上她的眼角。

「凱特妮所改變的那次，是目前封印失敗並行使巫妖聚會後最為和平的一次。」伯爵正色道。

「好，我知道了……」莫寧點點頭。

換言之，廣場上的尖石碑石像以及擔任替身的紅髮女人都只是種象徵，而除了人民以外，只有伯爵打從心裡尊敬女巫並忍到現在才說明真相，甚至，為了向凱特妮致敬，不惜找個同樣有紅色頭髮的女人當做替身，然後仿照她死去的模式，在後世為她澆熄早該消散的餘火。

「這是身為古魯菲及女巫的後裔唯一的請求。」伯爵跪下，左腳在前，右手則放在左胸上，「凱特妮的願望，只有身為下任女巫的妳能達成。」

他誠心地向莉梵請願，那慎重的態度令莉梵不知道該如何是好⋯

「如果這是命運的話，我早該接受了。」她急忙攙扶起伯爵說道，而這答案是花了多久的時間才能做出的決定，只怕旁人永遠都無法了解了。

「謝謝……」伯爵用有點沙啞的聲音道謝，隨她起身並拍了拍她的肩膀，

「可以吧？莫寧。」莉梵轉眼看著莫寧。

「為什麼要問我？」莫寧別開目光。

他說的是實話。

不只是他，伯爵也希望莉梵能作為一個普通的女孩活下去吧……但要是拒絕的話，擴大的女巫印好比是不知何時爆發的火焰，會在某個瞬間就把她燒盡了。

可要是背負了眾影書，等待她的未來，將不斷出現的敵人，與搶奪巫妖聚會使用權的征戰！

這意味著，莉梵得先一步找到巫妖聚會的祕密。

從接受的那刻起，她所踩的每一步都是立於刺上，絕不會有任何喘息的機會，那些穿著襯托曼妙身材的衣服，吃著舒暢身心的美食，隨心所欲像個普通女孩一樣的生活，她哪有心情去享受這些？

他的內心既矛盾又難過。

而莉梵溫柔的目光，只是信賴而期盼地望著他。

「妳得繼承眾影書，不然女，巫印在生命之輪結束後會殺了妳。」深吸了口氣，莫寧終究說出了內心的實話。

「有你這句話，就夠了。」溫柔的髮絲掠過莫寧的臉龐，也令莉梵下了決心。

「抱歉，我不該說出真相，但我希望妳活著。」伯爵殷切地說道。

「不，我很感謝您，皮斯叔叔，十八年讓我朦朧的方向都快消逝，我很慶幸能在此時來到這。」莉梵笑了笑，難得感到全身放鬆，為自己突然清晰起來的未來感到安心，並不為接受了自己女巫的身份，而是因知道自己該做些什麼。

「那麼，我代替巫妖聚會後的第一任伯爵，古魯菲．皮斯，以及直到現今的歷任伯爵，為妳致上最大的謝意。」

頓了一頓，伯爵繼續說道：「我還是得跟妳說聲抱歉，依靠年僅十八歲的女孩，太過苛刻了，可，人類真的沒有力量能夠守護巫妖聚會。」

從父親那繼承了眾影書的保護權，但對早就知道事實的伯爵來說，不僅感到有沉重的壓力往身上籠罩，那股對莉梵的罪惡感，同樣壓得他很難過。

莉梵沒有回答，只是對著伯爵兩人勉強一笑，然後，露出一絲愁容看著莫寧。

「抱歉了。」伯爵背對他們，無力的身軀只能靠著那幅畫，而後奮力一拉！燭光減弱，自畫像後現出了一個方型、深邃的窟窿，裡頭有個立書架，書架上，擺著一本金黃色書皮的厚書，單調且無趣的封面圖案是五芒星，一角接著一角。

「這就是眾影書嗎？」莉梵靠近後，眼睛褪成金色專注地看著那本書，隨即，眼球變得火紅。

頃刻間，眾影書周圍燒出火花，長出翅膀乘著火燄飄浮在立書架上，像有人正在翻動書本，慢慢地在莉梵前方展開書頁，書中的未知文字開始投影在四周，從五芒星外開始擴散，佈滿了整間房間。

微弱的燭光有了火光的滋長，形成火圈環繞著他們。

紅髮女巫，經由生命之輪降下女巫印的繼承人。

「什麼聲音？」莫寧仰起頭，對著一片金黃的牆壁問道。

「這是巫文。」伯爵安撫道：「我們聽不懂也看不懂的，讓莉梵聽吧。」

我沒辦法維持形體，只能藉由被現代稱作女巫的妳們維持巫妖聚會的封印，而且，我也無法告知妳巫妖聚會本體的祕密，因為那是個賭注，讓妳知道的話，恐怕又會讓巫妖聚會再度施展吧……

妳會接受嗎？維持封印的宿命。

「妳是……蕾菲帕嗎？」莉梵小心翼翼地問道。

要怎麼稱呼我是妳的自由。

從現在起，生命之輪將開始倒數巫妖聚會的出現，無須擔心，只要尚未對它進行活化的巫術，它並不會立刻危害人類。

只是妳必須背負眾影書，把巫妖聚會再度上鎖，而我的力量，等同於女巫印也等同於眾影書，這是強迫接受女巫使命的作法。

妳的決定呢？

現任女巫，莉梵．吉博里啊……

「我接受。」莉梵深吸了口氣，毫不猶豫地說道。

這句話，她真是下足了十分的勇氣才從口中吐出，全因為有莫寧也在身後，才讓她能放心地接受。

即使沒有人知道，但那壓力是無形的，會慢慢地侵蝕她的意識，直到自己產生女巫與人類決定性差異的錯覺，精神會像凱特妮那樣崩潰並且選擇自焚吧……

可，她不想怪吉博里伯爵。

因為那也是為了她好。

我接到了妳的誠意，以及妳的決心。

話聲幽幽落下，頃刻間，莉梵的手臂本來綁著的白布條被火燒灼，灼燒的繃帶沒有傷到嫩白的肌膚，反倒是被黑影刺傷的刀痕冒出煙，抽痛神經，讓她猛一瞬間感到無力。

然而很快地，刀痕便消失了。

緊接著，她右肩露出的胎記變得比莫寧印象中來得大，近乎大了兩倍，倒

十字架型的女巫印中伸出樹枝狀的燒痕，在傷口癒合的同時停止燒灼。

就在這時一瞬，莉梵發現手上多了眾影書，抑制了女巫印繼續燒灼的刺痛與焦痕，同時，在她的面前閃現出一名紅髮女人。

她穿著白紗向莉梵流出淚，似乎為她獻身並接受巫妖聚會的封印任務，感到窩心又痛心。

就這樣持續沒多久，紅髮女人再度消失，周圍又回復了黑暗。

此時，在莉梵身後的莫寧以及伯爵才發現那名聖潔的紅髮女人真如畫中所繪，就是希德教派所信奉的女神——蕾菲帕。

但是，妳還未能拋開內心的疑問。

蕾菲帕的聲音幽幽又響起，語調變得尖銳。

「什麼意思？」莉梵對蕾菲帕突轉的語調感到十分疑慮，就在這時，肩上平靜的女巫印又開始哀嚎、發疼以及發熱，痕跡又爬滿她的全身！

頃刻間，她的皮膚比之前更加透紅，奔亂的火舌纏繞在她的身上，像荊棘般爬在地上的火晃動著，張舞它們的威風，捲入周遭所有能看得見的景象，彷佛要吞入、燒盡一切。

周圍捲起了熱風。
「糟糕，女巫印又失控了。」
伯爵慌亂地低呼。
「之前不是壓制住了嗎？」溫度實在太高了，莫寧不得不馬上掩住臉，但，他依舊留著指縫查看情況。
「抱歉，風險還是有，但也可以沒有……」伯爵無奈地看著莫寧，「果然……你跟她之間發生了什麼，對吧？對於她而言，你就是風險，懂嗎？」
莫寧咬牙，眼見火焰肆虐整間房間，但卻沒有使其燃燒，不得不懷疑為什麼火如此狂暴卻又沒有殺傷力？
火焰像是有了生命。
任何事物都沒有燒起也沒有沾上黑焦，只抓取它們所想要的。

讓我回憶起吧……
讓我重新復刻吧……
讓我回到那時吧……
樹藤的刺是傷人的，請別再度刺傷我

「該死！是成象巫術的咒語。」伯爵低咒了一聲，連忙拉著莫寧往火焰外圍跑。

但莫寧徒走幾步又停下，他看著火焰形成模糊的景象，心頭的納悶及預感浮上，卻又不知道該做什麼……在這瞬間，有關於黑影的好奇全被拋開，所留下的。是莉梵孤單的臉龐，以及不久前那段從未說出的內心話

椎心的痛浮出腦海，莫寧有許久未曾這麼擔憂過，自從出了普羅亞的冷酷頓時化解，想起某些回憶的他後悔著……

深抽了口氣，莫寧掙開伯爵的手。轉身走入了那團燃燒的火焰。

寬敞的房間內，地毯上瀰漫著詭譎的霧氣，有黑有紅，頂上掛了好幾盞吊燈，碧金色的吊飾顯得突兀，仔細環繞四周，房間清晰的牆壁輪廓似乎正在蠕動，讓莫寧搞不清自己身在虛實何處？

「伯爵呢？」莫寧舉目四顧，依伯爵最後的話，他猜測自己是深陷在巫術裡頭了。

他往旁邊的桌上撫摸，一層灰黏在手指上，上頭帶點黏稠感彷若鼻涕般的噁心……吉博里侯爵的房間，他一輩子都忘不了。

當他每回執行暗殺時，總在腦海內建構所有的最佳路線，包含建築物以及週遭衛兵分布的狀況，任務結束後根本不想記得自己殺了什麼人，到過什麼地方，但唯有這裡，卻比摸遍的屍體還要熟悉。

這是他開始旅行的契機，也是最後一次的殺人行動。德莫格公爵命令他暗殺侯爵，目的是讓大陸的形式逐漸單一化，才能使管理變得單純，也能減少紛爭。

吊燈上的燭火燒著，鐵架的摩擦聲在風的呢喃下跟著奏樂，這是振動石原理所產生的細微振動，莫寧終於體會了夏依所言，之所以說振動石原理是巫術力量的基底，這詭異的振動摩擦及飄動的霧氣就是最好的證明。

有種在耳邊撕裂的尾音延展，令人覺得皮膚正被什麼人撕開似地，就在這時，莫寧的眼前，一名少年逐漸逼近一位黑白髮相間的中年男子，那是穿著正式服裝的吉博里侯爵。

那少年是誰？

他穿著白襯衫，內裡則是黑色的束衣，把幹練的身形展露無遺，臉孔是莫寧再熟悉不過的臉，全身散發無人敢靠近的寒氣，地上的霧氣像是從他身上剝離的。

「抱歉，要請你死在這。」少年開口。

莫寧已無比很確信那人是誰，他是利克摩．德莫格，也就是莫寧．哥德，那少年，正是他自己。

「喂──住手。」莫寧忍不住喊出聲。

利克摩似乎聽到了，他回過頭，本來該往侯爵頸部刺去的匕首停下，似乎猶豫了一瞬，緊接著匕首劃開了頸部，血花噴出讓人喜愛的豔紅！

莫寧曾經為此而瘋狂，為此而著迷，他認為能在血液中尋找自己生存的動機，甚至，把他所要殺的人擬想成以前曾迫害他的人渣，這麼做，便能無怨無悔地殺人。

「你不是認為殺了侯爵能尋得和平嗎？莫寧。」從前的力特摩嘲笑著現在的他。

「不對，到最後什麼也沒改變，用人命換得的和平，其實不含任何意義，你懂嗎？利克摩。」莫寧艱澀說道，這是他與現在的莫寧之間的意念之爭。

「你怎麼那麼天真啊……你真的認為沒有犧牲就能夠達成和平？想想你在普羅亞的一切吧。」嘴角冷冷勾起一抹笑，利克摩往倒在一旁的侯爵屍體踢上幾腳。血從口中噴到胸口，侯爵的禮服被血裝飾得華麗，臉上毫無痛苦，死相

平靜。

「別做了。」感覺到腰上的腰帶竟然又出現了，莫寧索性拉出其中一把匕首，在手掌上轉了幾圈，奔向利克摩揮下好幾刀。

「天真的你，到底為了什麼而殺人？」利克摩冷笑。

「那已經不重要了。」莫寧沉聲道。

「不，很重要。」利克摩手上的匕首往左劈下，再往右橫劃，逼使莫寧後退三步。

莫寧很清楚對方的技巧，只因那是他自己，還算保持冷靜，揮開突刺後的空檔讓他抓到機會，拉開右腿踢下一擊，然後跟著後仰的利克摩再劈下匕首！

匕首的輕巧感頓時傳來一陣痲痺，莫寧的手傳來了震陣陣振動，是振動石作成的那把匕首。

紅色的匕身互相壓制著，來回磨耗雙方的意志力，莫寧的匕首被逼退回來，索性也只好抽出那把匕首！

深知如果想要解除這僵局，那只有退開後用意想不到的方式攻擊，莫寧身體往後翻開，退開了振動強烈的交鋒處，壓低身子，雙手各拿著一把匕首揮擊而上，像掠過的燕子俯身衝去！

利克摩手上僅拿著那把振動石作成的匕首，眼神的交會瞬間踏出了步伐，匕首揮下，用同樣的攻勢咬著莫寧的刀鋒。

這時，莫寧腦海裡出現的是夏依以另一手握住刀刃，壓下劍鋒的特殊技巧，指間夾著被架開的匕首，趁機壓了過去！

「你想反駁自己？」被推倒在地上的利克摩說道，臉上露出厭惡的笑容，「不想接受以前的自己？」

莫寧手上的匕尖顫抖著，又開始為了殺人而猶豫，此時，利克摩的臉孔上下扭曲，又逐漸成形，衣著開始燃燒，每一吋臉上的肌膚燒著焦痕，滋長著火苗。

火焰從中露出熟悉的臉，是失去意識的莉梵。

莫寧往她的臉頰拍了幾下，卻毫無用處。

「回答我，你到底是誰？」彷彿是莉梵的聲音，幽幽詢問。

這問題等同於莫寧的一切。

對於莫寧而言，他唯一承認的名字只有莫寧，但利克摩卻是他無法抹滅的過去，要是把那名說出來，單純的莉梵僵怎麼樣看待他？

「啊……我為什麼沒有思考這問題？為什麼總是在意黑影的行徑？」莫寧

忍不住懊喪。

「為什麼要救我？」朦朧的語聲再問。

「很難說明……」莫寧坦承道。

火焰似乎聽到了他的回答，逐漸崩潰，牆壁的形體開始崩毀，而隨著莉梵逐漸失去的意識失控，她的肩膀開始像振動石般顫抖，火焰的藤蔓從女巫印周圍攀爬而出，像束緊的皮帶陷進皮肉。

是不是因為自己的回答，讓她又失控了？

莫寧咬著牙，不顧火焰的燒灼抱緊她，「醒過來！」

纏繞在莉梵身上的火燄正侵蝕她的皮膚，真如伯爵所說的，要是接受不了就得被女巫印燒死！

他絕不想變成這樣！所謂的贖罪，對他的意義早已不只有不再殺人，還有更深層的意義……

身體往莉梵的身上壓上去，莫寧用自己承受了火焰的高溫侵蝕，即使這次真痛到哀號，他也不去抵抗。

因為，這是罪人該受的罪。

在火燄中燃燒殆盡、淨化所有的罪，這不就是凱特妮選擇的死法嗎？凱特

妮會選擇自焚的原因，他終於理解了。

異教徒被捕之後，依罪過分以不同的刑罰並逐一審理，最後的刑罰就是火刑，意謂燒盡自身的罪，從世上徹底灰飛煙滅。

凱特妮把攸關世界的祕密攬在身上，為了不帶給丈夫麻煩用盡一切心思，於是，想到了這方法。

莫寧緊抱著莉梵，在火燄的懷抱下吶喊。

「莫、莫寧……」莉梵的眼睛逐漸變得清澈，在莫寧的懷抱哩，女巫印隨著火焰逐漸消散，逐漸安定恢復成原樣。

「醒來了？」莫寧深深地看著懷中的紅髮少女。

「我又做了什麼……全身怎麼燒成這樣？」莉梵看著全身衣物黑焦的莫寧，手忙腳亂地在他身上摸索著，想知道莫寧有沒有因為自己的失控而受傷？

「妳早就知道是我殺了妳父親了吧？」

「是的……」雖然對這突如其來的問題感到訝異，但莉梵還是老實回答。

在這突如其來的巫術中，莫寧思考了不少，如果沒有相對應的記憶片段，不可能造出相同的場景，或許，在旅途中莉梵早就看過了他的記憶……

「對不起。」深吸了口氣，他終於吐出心中積壓已久的歉意。

「不，我早就原諒你了……」輕柔的吻貼上他的臉頰，莉梵強笑著說道：「剛剛那是我心底的呈現吧，雖然原諒了，但那股壓力依舊不會消散。」

即使不懂親吻的意義，莫寧還是用手與莉梵那嬌小的手掌合攏。

她如此的無私，令莫寧對她更無法放下，那感情是什麼呢？是愛情嗎？他姑且問自己，或許是的。

這女孩對他而言很特別。

是在「她」之前最特別的女孩了。

「我是莉梵．吉博里，你呢？你的名字呢？」莉梵望著她，笑著吐露出一直以來想問的話。

「我是……」莫寧略一遲疑，伸出手，「利克摩．德莫格。」

「請多指教，利克摩……」伸出的手指交握，紅髮少女燦笑，「不，還是叫你莫寧好了，這樣似乎比較順口。」

「我沒意見。」卸下背負的祕密，他與那肩負起烙印的少女並肩，新月開始一宿輪轉，芬徹的歷史掀開了新的一頁，忌諱之祭……暫時落幕了。

——待續

後記

各位好，我是作者Hadiel，很高興這作品出版了。

這次的作品是我最初，也是所有小說的起點，換句話說，就是處女作。一開始，所有的架構完成之時，只是於腦中形成罷了，實際寫出來的時候，將我一本筆記本的量給消耗掉，那大約是一年半前的事了。

當時的版本已被我廢案，卻成為角色的雛型參考，寫完第二版本後又過了許久，終於修訂完第三版本給輕小說的讀者們，雖是以奇幻小說為基底而寫成的，能以輕小說的形式貼近讀者也是不錯的方式，正因為如此，倒是有許多地方因篇幅與社會問題而修改了。

這部小說，塵封將近兩年，終於能以實體方式出現了，這對我也是個極佳的激勵。貓爵的第一版本寫完後，我從一般文學出發，包含推理、奇幻、大眾……等等，全都接觸了不少，也從未想過處女作變成出版的奢望，倒是，這依然實現了，得到過稿消息時，我正在撰寫別的作品。

回頭再來修改時，卻發現角色都變成我不認識的人了，恐怕是我忘了他們，再怎麼說，當時可是我付出極大心力，才寫出來的小說。基於這點，我花了一些時間再度拾起這作品。

我不大習慣輕小說的敘述方式，所以用字遣詞上恐怕有點生澀，還請各位

讀者見諒。雖現在以一般文學為創作主體，但在輕小說領域，我依舊會繼續撰寫新作品，肯定會是這部作品的第二集，以同一世界觀不同大陸的另一部作品也正在構思，預計會是貓爵的外傳，雖不相干，但也肯定會是個好故事吧，如有出版的機會，懇請讀者們繼續支持。

感謝為我繪製插畫的 SR 與 Rei，妳們真的很厲害，給我意見的編輯也辛苦了。

2012.9.7.Hadiel

高寶書版集團
gobooks.com.tw

FW005

貓爵01 浪人與貓女巫

作　　者　Hadiel
繪　　者　SR/Rei
編　　輯　王藝婷
排　　版　趙小芳
美術編輯　陸聖欣
出　　版　英屬維京群島商高寶國際有限公司台灣分公司
　　　　　Global Group Holdings, Ltd.
地　　址　台北市內湖區洲子街88號3樓
網　　址　gobooks.com.tw
電　　話　(02) 27992788
電　　郵　readers@gobooks.com.tw（讀者服務部）
　　　　　pr@gobooks.com.tw（公關諮詢部）
傳　　真　出版部　(02) 27990909　行銷部 (02) 27993088
郵政劃撥　19394552
戶　　名　英屬維京群島商高寶國際有限公司台灣分公司
發　　行　希代多媒體書版股份有限公司/Printed in Taiwan
初版日期　2012年9月

國家圖書館出版品預行編目(CIP)資料

貓爵01 / Hadiel著. -- 初版.
-- 臺北市：高寶國際出版，2012.09
冊；　公分. -- (輕世代；FW005)

ISBN 978-986-185-753-4（第1冊：平裝）

857.7　　　　101016531